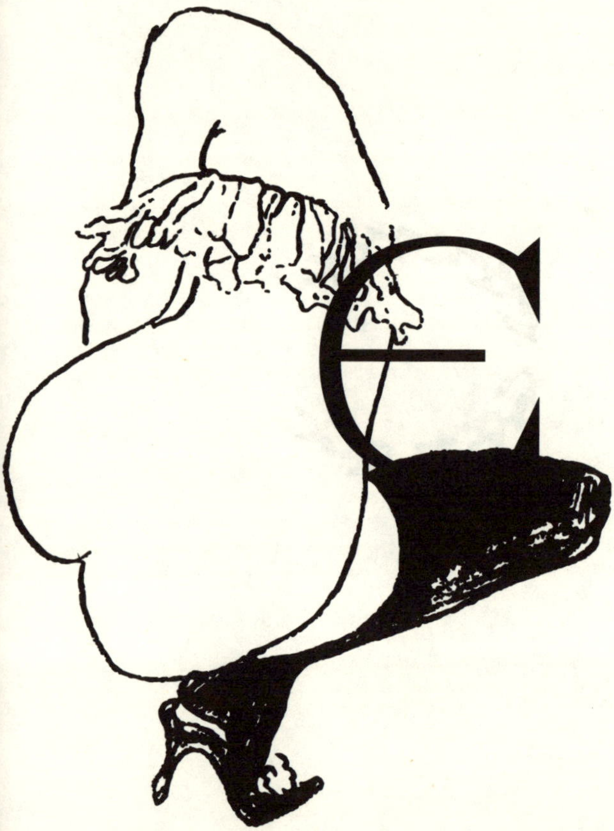

TRADUÇÃO
RÉGIS MIKAIL

PREFÁCIO
JOÃO S. TREVISAN

A MENINA QUE NÃO FUI

HAN RYNER

ERCOLANO

TÍTULO ORIGINAL *La fille manquée*

Esta publicação segue as normas do Acordo Ortográfico da Língua Portuguesa, Decreto nº 6.583, de 29 de setembro de 2008.

DIREÇÃO EDITORIAL
Régis Mikail
Roberto Borges

PREPARAÇÃO E COORDENAÇÃO EDITORIAL
Helô Beraldo

REVISÃO
Andréia Manfrin
Carina de Luca

ILUSTRAÇÃO
Felipa Queiroz

PROJETO GRÁFICO E DIAGRAMAÇÃO
Estúdio Margem

AGRADECIMENTOS

Aldo Zaiden, Alexandre Utchitel, Amara Moira, Beatriz Reingenheim, Daniela Senador, João Pedro Nogueira, Jorge Wakabara, Marizinha Soares Borges, Mariana Tavares, Marie-France David-de Palacio, Marina Foracchi Abud, Mayara Barbosa, Mila Marques, Patrick Cardon, Paulo Otero, Rafael Bernardo, Régis Mikail Abud, Ricardo Domeneck, Rodrigo Lage Leite, Sérgio Alves, Talita Denardi, Theo Firmo.

AMBASSADE
DE FRANCE
AU BRÉSIL

Liberté
Égalité
Fraternité

Cet ouvrage, publié dans le cadre du Programme d'Aide à la Publication année 2023 Carlos Drummond de Andrade de l'Ambassade de France au Brésil, bénéficie du soutien du Ministère de l'Europe et des Affaires étrangères.

Este livro, publicado no âmbito do Programa de Apoio à Publicação ano 2023 Carlos Drummond de Andrade da Embaixada da França no Brasil, contou com o apoio do Ministério francês da Europa e das Relações Exteriores.

Prière d'insérer

HAN RYNER

LA FILLE MANQUÉE

La librairie L. Genonceaux et Cie vient de mettre en vente *La Fille manquée*, le nouveau roman de HAN RYNER. Le plus grand succès accueille dans tous les mondes cette étrange histoire d'un homme que l'impuissance jette aux mœurs contre nature. C'est que jamais cas aussi passionnant ne fut étudié aussi profond, avec une aussi absolue sincérité, avec une telle hardiesse à tout dire et un tel art d'envelopper d'élégance les audaces les plus troublantes.

Han Ryner
La Fille Manquée

A livraria L. Génonceaux & Cia. acaba de colocar à venda *La Fille manquée*, novo romance de Han Ryner. Com enorme sucesso, todas as gentes recebem a estranha história de um homem lançado aos costumes contranatura por sua impotência. Jamais se estudou tão profundamente um caso tão apaixonante, com tão absoluta sinceridade, com tamanha ousadia em dizer tudo e com tanta habilidade para envolver as audácias mais perturbadoras de maneira elegante.

O homem sempre precisa de amor e carinho.
Alfred de Vigny

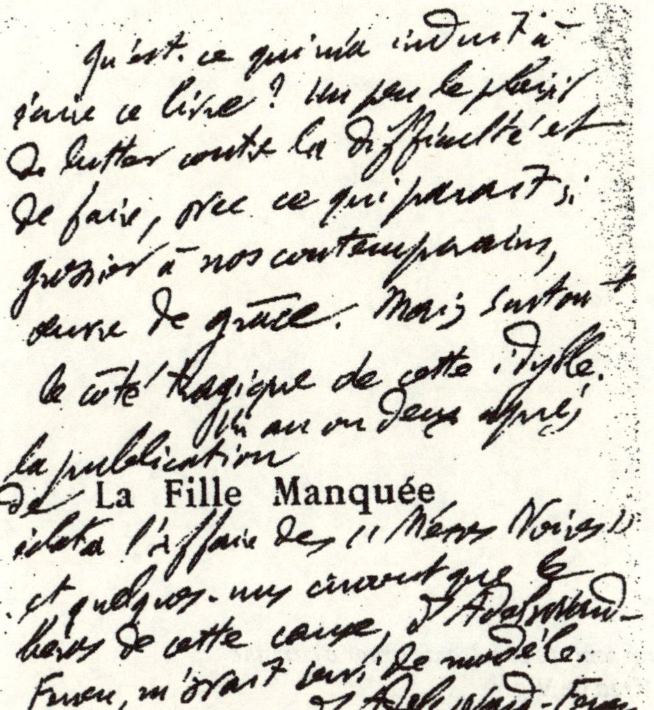
Qu'est-ce qui m'a induit à
écrire ce livre? Un peu le plaisir
de lutter contre les difficultés et
de faire, avec ce qui paraît si
grossier à nos contemporains,
œuvre de grâce. Mais surtout
le côté tragique de cette idylle.
Un an ou deux après
la publication
de La Fille Manquée
éclata l'affaire des « Messes Noires »
et quelques-uns crurent que le
héros de cette cause, d'Adelswärd-
Fersen, m'avait servi de modèle.
Je n'ai connu d'Adelswärd-Fersen
ni avant ni après mon livre. Je l'ai
deviné! Comment? Par quelques
souvenirs d'enfance et par une étude
passionnée de Henri III que j'ai
transporté au XIXe siècle et
dans un milieu bourgeois.
Han Ryner

Manuscrito de Han Ryner

O que me levou a escrever este livro? Um pouco, o prazer de lutar contra as dificuldades e de transformar em graça aquilo que parece tão grosseiro a nossos contemporâneos. Mas, sobretudo, o lado trágico desse idílio. Um ou dois anos após a publicação de *LA FILLE MANQUÉE,* estourou o caso das "Missas Negras", e há quem diga que o herói dessa causa, d'Adelswärd-Fersen, serviu de modelo para mim. Não conheci Adelswärd-Fersen nem antes nem depois de meu livro; eu o adivinhei! Como? Em algumas recordações de infância e por meio de um estudo cativante sobre Henrique III, que transportei ao século XIX e a um meio burguês.

Han Ryner

SUMÁRIO

PREFÁCIO

O MENINO QUE ERA RAINHA

JOÃO SILVÉRIO TREVISAN

Em 1903, o romancista e filósofo francês Jacques Élie Henri Ambroise Ner, nascido na Argélia em 1861 e conhecido pelo pseudônimo de Han Ryner, lançou o romance *La fille manquée*, entre os tantos que já publicara e iria publicar até sua morte, em 1938. As escavações arqueológicas em literatura trazem surpresas incessantes de obras que foram soterradas, seja pelo moralismo de cada época, seja pelo pioneirismo de quem as escreveu. Este romance, praticamente desconhecido, é uma dessas surpresas, na esteira de um naturalismo tardio.

Desde o final do século XIX, a literatura naturalista irradiou-se para todo o mundo, sob a égide do romancista francês Émile Zola. Ao absorver o discurso científico sobre a sexualidade, então inovador, o olhar naturalista trouxe à cena literária os primeiros personagens claramente dissidentes do ponto de vista do desejo e da identidade de gênero. Com muita frequência, os escritores transpunham para a ficção o tom condenatório que a medicina do período trazia acoplado à codificação de marginalidade social e desvio moral dessas práticas. No Brasil, um exemplo clássico foi o romance *Bom-Crioulo*, de Adolfo Caminha, publicado em 1895, que narra a relação amorosa entre dois marinheiros, aqui e ali condenada como anormal pelo narrador.

Se *La fille manquée* [*A menina que não fui*] traz na estilística ecos da ênfase naturalista, sua abordagem temática, no entanto, carece de qualquer sinal de moralismo dessa corrente literária. O motivo da diferença: Han Ryner era um intelectual anarquista que cultivava a vertente peculiar do anarquismo individualista, na qual se incluía a liberdade sexual para além das normatizações socialmente impostas. Segundo Ryner, o verdadeiro individualista libertário é "aquele que com maior frequência se aparta do rebanho". Contrariando sua formação religiosa, ele passou a advogar o anarcoindividualismo como a "doutrina moral que não se apoia em nenhum dogma, nem tradição, nem verdade exterior,

mas se volta exclusivamente à consciência individual". Tal convicção oferece um pano de fundo essencial para as peculiaridades de *A menina que não fui*, publicado no mesmo período de um dos mais importantes livros teóricos de Han Ryner: *Manual filosófico do individualista*. Não por acaso, esse manual foi escrito em forma de perguntas e respostas: emulava a estrutura socrática. Entre as várias influências filosóficas de Ryner, Sócrates se destacava por induzir seus discípulos a "procurar a verdade dentro de si", recusando toda verdade de fora — num processo pedagógico chamado maiêutica, espécie de "parto de si mesmo". Com base na matriz socrática, Ryner acreditava que a verdade deve ser procurada na mais absoluta fidelidade ao subjetivo. Se nós, humanos, almejamos a felicidade, só vamos encontrá-la quando nos sentirmos "em perfeito acordo conosco mesmos".

A partir da década de 1920, o anarcoindividualismo de Ryner se difundiu entre anarquistas do mundo todo, especialmente na Espanha. Chegou ao Brasil ainda nos anos 1930, através da feminista Maria Lacerda de Moura, sua estudiosa e defensora, mas só tardiamente, nos anos 1960, o *Manual filosófico do individualista* mereceu tradução brasileira pelo escritor anarquista Roberto das Neves.

Não é difícil perceber uma ponte direta entre a prática anarquista e a criação de um romance que aborda conflitos relacionados tanto à sexualidade dissidente quanto à identidade de gênero. O anticlerical Han Ryner conhecia bem a culpa que a religião cristã provoca com relação à prática sexual não procriativa, condenando o gozo desejante, que exige coincidência total consigo mesmo. O escandaloso julgamento, em 1895, do escritor inglês Oscar Wilde — condenado a dois anos de trabalhos forçados na prisão de Reading por praticar a homossexualidade — ainda ecoava por toda parte e aterrorizava particularmente a cena homossexual. Mas não se pode esquecer que já existia uma primeira onda de ativismo

combativo, em reação contra o preconceito. Conhecido internacionalmente, o médico e sexólogo Magnus Hirschfeld fundara em Berlim, no ano de 1897, o Comitê Científico-Humanitário, órgão de luta pelos direitos homossexuais que visava, em especial, revogar o parágrafo 175 do Código Penal alemão, responsável por penalizar as relações eróticas entre pessoas do mesmo sexo. Seria plausível também que, no início do século XX, Ryner já conhecesse a obra embrionária de Sigmund Freud, o grande psicanalista cujas teorias sobre o inconsciente, a libido e os mecanismos de repressão começavam a sacudir Viena e o restante da Europa. Causa surpresa que, ao resgatar ficcionalmente a sexualidade efervescente entre meninos, Ryner se antecipasse a Freud, cuja revolucionária afirmação da libido infantil só se tornaria pública em 1905, na obra *Três ensaios sobre a teoria da sexualidade*, dois anos após a publicação de *A menina que não fui*.

Com uma abordagem livre de culpa e condenação, Ryner compartilhava um debate caro ao anarcoindividualismo. Assim como seu colega Émile Armand, que propunha o conceito de "camaradagem amorosa" em sua obra *Nova ética sexual*, Ryner propugnava o "amor livre" ou "amor plural", mais conhecido hoje como "poliamor". Não estranha, portanto, que o encontro entre os debates intelectuais do período e as inquietações filosófico-políticas de Ryner conseguissem atropelar os limites estreitos da heteronormatividade que barrava expressões dissonantes, corajosamente abordadas em *A menina que não fui*. Ainda que outras obras ficcionais já tivessem tematizado as relações afetivo-sexuais em colégios internos, aqui certamente não se repete o recurso de botar panos quentes para não escandalizar. Por certas coincidências geográficas com a ficção, percebe-se que Han Ryner tinha familiaridade com os fatos narrados e, ao menos em parte, vividos por ele. Se no romance não há propriamente um final feliz, Ryner só adota certo foco

de crueza naturalista para denunciar uma tragédia que ele conheceu bem — e cujos ecos repressivos se fazem sentir até os dias de hoje entre LGBTs.

O primeiro espanto ao ler o livro é a constatação de que estamos diante de um protagonista antitético: François Taulane, um menino assumidamente efeminado — ou, como se chamaria hoje, sem nenhum ranço pejorativo, uma "criança viada". Ryner não trata seu menino maricas como um caso clínico, uma patologização, nem faz julgamentos morais. Pelo contrário, o autor dá voz em primeira pessoa ao personagem, ora ao narrar suas memórias, ora no calor dos fatos narrados em forma de diário. A narrativa do protagonista maricas faz referências meticulosas às tentativas e aos anseios de suas pulsões libidinais, analisando e julgando tudo com ironia — e até mesmo sarcasmo.

A partir de François, o romance se desdobra no entorno homoerotizado do internato masculino Saint Louis de Gonzague (onde Ryner estudou), na província francesa, ao realizar uma abordagem cirúrgica do despertar da sexualidade adolescente. Mesmo quando usa circunlóquios e metáforas poéticas para bordejar a homossexualidade, *A menina que não fui* resulta numa saga desbragada sobre o desejo adolescente pela quantidade insistente de minúcias ao descrever práticas sexuais proibidas que grassavam no colégio. Seguindo os passos da narrativa, sente-se como o desejo reprimido parece pular numa garupa selvagem, sem rumo certo. Começa com o menino maricas buscando entender seu rumo e abrir seu espaço erótico, até chegar à ruptura entre as fronteiras de gênero masculino e feminino, já adulto. Nos dias de hoje, François talvez fosse considerado *transgênero*. Ou talvez uma pessoa *não binária*. Tal ambiguidade se acresce da sua condição de exilado sexual, que o leva a criar um mundo próprio cheio de fantasias, tentando obstinadamente sobreviver num ambiente ao mesmo tempo sedutor e hostil.

Em muitos momentos, mas especialmente quando explicita os namoricos obsessivos, percebe-se como a recorrência dos fatos narrados permite resgatar o sentimento de exacerbação erótica em que vivem adolescentes confinados, cujos hormônios fervilham. Em horários mais seguros e nos locais mais recônditos, beijos ardentes se misturam a toques masturbatórios, roçares libidinosos, declarações de amor, gemidos em vários tons, sexo oral e, suprema mescla de glória e humilhação, penetrações consentidas ou não — como no caso do feio Romanes, que serve a todos e se serve de todos. O protagonista François Taulane, conhecido no colégio como "mulherzinha" ou "Senhorita Françoise", atrai os colegas por sua beleza e inteligência. O internato inteiro sonha com François, de modo que "as paredes de Saint Louis de Gonzague estavam cobertas de declarações para 'Senhorita Françoise' e para a 'mulherzinha'". Num paroxismo vômico, muitos colegas passam pelas fantasias eróticas, pelas paixonites meteóricas e pela cama de François. Ao fim de um assédio mais insistente, ele se entrega e aí começa outro drama. O parceiro se jacta publicamente, multiplicando entre os colegas o desprezo pelo maricas. O que François entende por amor torna-se abjeção para os demais, resultando em humilhações e crueldades.

Movido por esse clima que mescla atração e repulsa, o menino maricas tenta embarcar na onda voluptuosa e decide virar o jogo: aceita ser "feliz em dar prazer a quem quer que goste do prazer". É um insulto às avessas, mas também um gesto de insolência sincera, como ele mesmo atesta. O próprio François se concede o título honorífico de "puta" e faz correr no colégio uma lista de inscrições para quem quiser transar com ele: "Aqueles que amam a mulherzinha, inscrevam-se. Vai chegar a vez de cada um. Quando tiver acabado, começaremos uma nova lista". Empoderado, ele chantageia os mais velhos e mais fortes. Torna-se, assim, "adorado e obedecido como uma jovem rainha". Com todos os inconvenientes, até de higiene, a

narrativa dos episódios eróticos não esconde o sarcasmo. O ciclo acaba no relacionamento sadomasoquista de François com seu colega favorito.

Mesmo sendo explícita, por andar numa corda bamba de riscos, a estilística narrativa se reveste de um tom distante da pornografia. A explicitude se deve mais à ênfase redundante com que Ryner martela os sentimentos e desejos secretos de François — sem esquecer que tudo é narrado em primeira pessoa.

A partir de um foco essencialmente subjetivo, o romance chega a lembrar a rebelião coletiva do filme *Zero de Conduta*, de Jean Vigo, lançado com escândalo em 1933. Se na obra paroxística de Vigo não se faz referência direta à sexualidade do internato, certamente há nele ecos do mesmo espírito anarquista de Ryner. O François mulherzinha chega a provocar uma pequena revolta quando sua lista de amantes sofre a ameaça de ser denunciada. Em protesto, os alunos batem os pés no chão, esmurram as carteiras de estudo e atiram livros sobre o bedel, a autoridade visível, enquanto gritam: "Viva a rainha Françoise!". Há uma crescente dose de ironia à medida que a narrativa vai se desdobrando.

Não seria exagero apontar ecos de Ryner em obras futuras, como no romance *Amizades particulares*, de Roger Peyrefitte, e até mesmo em Jean Genet, que poderia ter conhecido a fúria de *A menina que não fui* para articular um alto grau de poesia na sexualidade marginal e desregrada de seus personagens. Até certo ponto, penso ver ecos também em *Crônica da casa assassinada*, de Lúcio Cardoso, especialmente na simetria com a personagem transexual confinada de Timóteo. Mas devo confessar especial surpresa com as coincidências entre essa obra de Ryner e o meu *Em nome do desejo*, romance de formação que enfoca a vida e os amores adolescentes num seminário para a formação de padres. Apesar das muitas diferenças de abordagem, sobretudo quanto à sacralidade carnal que privilegiei, a semelhança temática

me dá a dimensão da importância e do pioneirismo dessa obra publicada há mais de um século e, ainda assim, atual.

Acima de tudo, a redescoberta de *A menina que não fui* evidencia a longevidade das dissidências de desejo e gênero. Han Ryner permite vislumbrar como a história das subjetividades contra-hegemônicas resiste, há séculos, sob camadas de sufoco ou esquecimento deliberados. As dissidências desejantes comprovam sua capacidade de sobreviver no lombo de um cavalo indomado, avessas à normatividade e ao reducionismo de um padrão heterossexual imposto pela sociedade falocrática.

PRÓLOGO

CREIO VER UM MONGE, NUMA CELA QUASE SEM MÓVEIS, A MEDITAR. ESTÁ SENTADO NUMA CADEIRA DE PALHA DIANTE DE UMA MESA DE MADEIRA BRANCA. NUM CANTO, A CAMA AGUARDA SEU PRÓXIMO SONO,

uma cama rude, feita com algumas ripas, um pouco de palha, dois lençóis ásperos e uma coberta cor de fuligem. Esse monge tem um rosto delicado, imberbe, feminino e, por baixo da veste grosseira atada por uma corda à cintura, a flexibilidade franzina de um corpo se agita. Esse monge sou eu mesmo. Como se explica que eu apareça para mim mesmo sob essa forma, de maneira tão nítida, quase alucinatória? Como se explica que minha poltrona macia seja uma cadeira que machuca? Por que minha escrivaninha elegante, confortável, coberta de bibelôs bonitos, é uma mesa nua aos meus olhos cada vez mais insanos? No entanto, bem sei onde estou. Retida por minha memória obstinada, a verdade luta dentro de mim contra a mentira contraditória que meus sentidos proclamam: tal qual sonhador agitado que não ignora o fato de dormir na cama e, no entanto, se vê em outro lugar. Lembro-me de estar em minha biblioteca inteiramente povoada por móveis com figuras sorridentes e voluptuosas, e essa minha estante que, sem os livros, lembraria uma alcova grande demais. Por que, então, vocês, olhos malvados e amedrontados, atestam ao meu redor as austeridades de uma cela? É que, há horas, minha meditação é a meditação de um monge: eu penso, indignado, nas ignomínias de minha vida; penso, todo exaltado de esperança, na morte... Sobre a falsa mesa de madeira branca, a alucinação me mostra uma cabeça sem olhos, sem nariz, sem lábios, uma cabeça toda de ossos e de ocos, aquilo que restará de minha cabeça dentro de alguns anos. É que, sobre a escrivaninha de verdade, bem no lugar onde se avoluma esse terror fantasmagórico, meus olhares, nos instantes em que reveem a realidade, distinguem um outro móvel tão macabro quanto aquele que direciona meu pensamento. Com a coronha sobre o couro gravado em relevo, o cano apoiado em meu tinteiro, coloquei, voltada a mim, mirando-me, impossível de errar o alvo, uma pistola carregada. Agora há pouco, encostei a boca que cuspirá chumbo sobre minha têmpora.

Apalpei e tateei. Escolhi o local. Conheço o lugar onde, dentro de alguns meses, apoiarei esse cano frio para morrer.

‡

Morrer? Será que se morre?

Não, não morremos. Trocamos de pele. Sou uma serpente que queima a pele suja e que vai entrar, feliz, no subterrâneo da hibernação, de onde sairá com uma vestimenta fresca, flexível, limpa. Mas o que estou esperando para me refugiar no subterrâneo?

Ei-lo:

A morte se revela a mim como uma viagem rumo a novos destinos. Porém, ignoro a duração da viagem e se ela não ocorre mesmo em um túnel duro e penoso que talvez o morto tenha de escavar à sua frente.

Algo me vem à mente. Ao que parece, todo morto revê sua vida inteira. O que significa, no momento da partida, essa corrida ao passado? Uma única explicação me satisfaz: o morto "empacota" para a jornada. A expressão é de La Fontaine, creio[1]. Ele reúne suas boas ações, seus bons pensamentos, seus bons sentimentos para levar esse viático. Também leva seus erros como uma experiência que seria imprudente de perder. Antes de se enfiar debaixo da terra, ele prende ao rosto corado essa incômoda, porém indispensável, lâmpada de minerador.

Já que antecipo o destino, preciso me conceder o tempo necessário para os preparativos. Não farei minha trouxa na pressa afobada, como a maioria das pessoas. Recolherei com cuidado, com método, as lembranças que o devem compor. Eu as colocarei numa ordem alegre. Com

---

1 "Je voudrais qu'à cet âge/ On sortît de la vie ainsi que d'un banquet,/ Remerciant son hôte, et qu'on fit son paquet." Em La Fontaine, *Fabl. VIII*, 1. "Quisera nesta idade eu, / Tal qual de um banquete, da vida partir / Grato ao anfitrião, trouxa feita e sair" (tradução livre). (N. T.)

elas, talvez formarei um acorde para a próxima harmonia. Agonizando por alguns meses, vou reviver minha vida em pensamento, encerrá-la, completa e condensada no frasco preciso da palavra escrita.

Estes meses de morte lenta; estes meses nos quais sentirei sobre minha têmpora a mordida fria da pistola; estes meses nos quais sentirei sobre todos os meus membros os vermes do túmulo, pululantes lacaios encarregados de me despojar das vestimentas emporcalhadas, de me entregar nu à próxima veste limpa... Espero que estes meses sejam uma primeira purificação para mim. O monge estranho que tem meus traços e que tenta expiar meu passado tem esta esperança: estes dias e estas noites entregues à minha confissão de moribundo serão, para mim, como uma morte preventiva que o juiz levará em minha consideração; eles tornarão menos penosa e mais curta a horrível viagem subterrânea em direção à próxima aurora.

PARTE

I

I

POR MAIS LONGE QUE EU VASCULHE NO PASSADO, POR MAIS ESFORÇO QUE FAÇA, NÃO CONSIGO ENCONTRAR EM MINHAS LEMBRANÇAS MEU PAI VIVO. ÀS VEZES, TENHO A IMPRESSÃO

de vê-lo debruçado sobre meu berço e creio sentir suas carícias. Ai de mim! Aquele que vejo, aquele cujas mãos e lábios me tocam tão deliciosamente, é um fantasma criado pela constante contemplação do retrato amado e pela aglomeração meditativa de tudo o que me contaram sobre meu pai. Estou certíssimo disso, já que me ocorre acreditar reencontrar, não mais distante que ele, minha mãe que morreu ao me trazer para o mundo. Meu pai partiu quando eu era amamentado pela ama de leite, e é minha imaginação, e não minha memória, que percebe os gestos de um homem me erguendo, pequenino, em seu braços, olhando-me com alegria meiga, cobrindo de beijos meu rosto que sorri.

Minhas primeiras lembranças reais têm como cenário a casa de meu tutor. Os únicos que lá encontro são o bondoso tutor, meu querido tio Bertrand Navel; sua mulher, tia Désirée; suas duas filhas, Louise e Elisabeth. E, quase tão vívidos quanto eles, tão frequentemente contemplados por minha nostalgia, criadores de tantas lágrimas que eu tinha de esconder, os retratos de meu pai e de minha mãe.

Seus rostos diziam sua natureza íntima. Em todas as narrativas de tia Désirée, fêmea orgulhosa e intolerante que devia ser a caricatura de minha mãe, minha mãe era uma " dominadora"; meu pai, "um bom moço incapaz de fazer mal a uma mosca, mas que carecia de caráter em absoluto". Sempre tive a impressão de que, se eu tivesse conhecido meus pais, meu pai teria sido para mim o mais materno dos dois. Quando meus sonhos reconstroem, bela, doce e cercada de amor, a minha infância que a realidade fez órfã, é nos braços de meu pai que me sinto ninado, e seu colo é para meu corpinho o oco morno do ninho. É o reencontro de seu olhar com o meu que me faz derreter de ternura, que me eleva, que joga meus braços em volta de um pescoço, que me precipita aos beijos que serão dados e recebidos.

Minha mãe, com seus ares de realeza, me assusta um pouco. E — como se você tivesse visto uma

caricatura bem-feita, uma ampliação da realidade mais que uma mentira, ela aparece para você, necessária, quando encontra o original — não posso pensar na beleza de minha mãe sem rever a sua sombra feia, sua irmã Désirée.

De fato, minha mãe não poderia ser o tirano minucioso e perfeccionista que sempre fora. Tinha aspecto demasiado nobre, demasiado desdenhoso. Ao contrário de meu pai, pura graciosidade e amor, ela não me faz sonhar com as ternuras inebriantes das carícias.

Entre os homens que atraem mulheres do gênero, há sem dúvida semelhanças secretas: meu tio Bertrand tinha na atitude, no olhar, nas pregas dos lábios, algo de meu pai. Como tia Désirée era a caricatura de minha mãe, tio Bertrand era uma estampa frágil, apagada, ainda refinada, do que meu pai devia ter sido.

Sua ternura me atraía, sedutora e frágil como um olho-d'água. Quando não corríamos o risco de sermos surpreendidos, ele não parecia espantado nem com minhas primeiras roçadelas de pequeno felino selvagem, nem com a voracidade súbita com a qual eu me lançava sobre ele e o escalava em investidas por beijos. Restituía-me carícia por carícia. Lágrimas bruscas me rebentavam os olhos e ele as enxugava quase sem dar bronca. Mas eu protestava:

— Sim, o senhor é bonzinho, titio, o senhor mal ralha comigo. Mas, veja só, não precisa ralhar de modo algum. Não estou sofrendo. É mais forte do que eu e, se choro, é porque estou contente demais.

Quanto à minha tia, beijá-la era uma formalidade que tinha hora fixa, duas vezes ao dia, após a reza matinal e antes da noturna. Em seguida, seus lábios se aproximavam de minha testa quase sem tocá-la, enquanto eu lutava contra um desejo de recuar, contra uma vontade louca de fugir em disparada.

Minhas primas não gostavam muito de mim. Louise, seis anos mais velha, gritava a cada movimento meu, me acotovelava, me batia. Elisabeth, ou Lisa,

como costumávamos chamá-la, tinha quase a mesma idade que eu e vê-la era sempre uma emoção nova para mim, pois não se poderia conceber beleza mais extraordinária. Seus traços lembravam os de minha mãe, tinham algo de definido, de bem-acabado que, ao que parece, deve certamente ter causado mágoa em alguma criança. Mas o nobre desenho desses traços não feria, pois a fisionomia só manifestava doçura. O rosto é um poema; a fisionomia, uma música: as palavras podem ser belas, de uma beleza precisa e suspensa, desde que o movimento melódico seja de uma graça esvoaçante. Mas aqui não havia apenas algo completo; havia paradoxo harmonioso, havia um charme altivo muito difícil de colocar em palavras. Notei-o em outras pessoas, mas jamais se viu contraste tão completo, tão surpreendente e tão sedutor: assim como o sorriso modifica às vezes o sentido das palavras pronunciadas, certos rostos se cercam de uma inexprimível atmosfera que modifica toda a expressão. Em suas fotografias, Lisa só manifesta altivez e desdém. Mas, na vida, como o olhar desmente deliciosamente os olhos, como o sorriso declara os lábios mentirosos, como a luz emanada proclama que todo o semblante engana!

Não fosse apenas uma extraordinária complicação: no caso de Lisa, é a doce fisionomia que mente; são os traços soberbos que falam a verdade, que falam uma pequena parte da verdade. O terrível sorriso pérfido, a aterrorizante suavidade do tom de voz que soa como uma promessa em palavras alegremente ameaçadoras; e é a ameaça que diz a verdade! Teria algum carrasco inventado essa crueldade sutil? Aqui, a natureza a realizou.

Dissimuladamente má, Elisabeth me chamava para brincar com ela e me impunha, maligna, os papéis mais desagradáveis (desconhecia outros jogos, exceto o de humilhar e o de atormentar). Lisa se aproximava toda radiante, como se quisesse me abraçar, me beijar, e, durante a suposta carícia, me beliscava a ponto de me fazer

sangrar. Ela foi a grande dor de minha infância, mais viva por ser uma contínua decepção. Seu sorriso me enganara por muito tempo e sua beleza sempre me deixava exaltado. Mas se tornaram cada vez mais raros os momentos em que eu acreditava amá-la; e eu a odeio mil vezes mais do que sua irmã explicitamente brutal.

Graças à tia Désirée, graças à Louise e, sobretudo, à Lisa, as mulheres se mostravam como seres intolerantes e intoleráveis para mim, tiranos que podem ser rudes ou dissimulados, mas que nunca param de oprimir e torturar. Lembro-me de ter levado certo castigo de minha tia porque aos cinco anos eu dissera, já não sei mais a respeito de quê: "As mulheres nunca têm coração." Eu não tinha a bruta e precoce virilidade de Jean-Jacques Rousseau, aquele plebeu, aquele sabujo. Não experimentei volúpia alguma ao levar uma palmada de mãos femininas. É ainda com sentimento de ódio e pavor que me vejo novamente ali, pobre ser que se agita abaixo do braço da criatura gigantesca e ossuda. Ainda sinto os golpes despencando sobre mim, frequentes, e o rubro da cólera me sobe ao rosto.

Somente à noite, em minha cama, eu conseguia escapar das três tiranias femininas. Antes de pegar no sono, saboreava por muito tempo a calma do momento e ocupava o vácuo de sonhos com carícias. O sonho tinha duas formas. Às vezes, eu me deitava ao lado de um pai, meu corpo todo morno de alegria, agarrado a uma grande ternura protetora. Outras vezes, encostava-me ao longo de um irmão, entrelaçado a ele num abraço.

Nunca a mãe ou a irmã representavam um refúgio para mim. Então, como hoje, quando a mulher invadia meus sonhos, meus sonhos se tornavam pesadelos.

‡

II

Eu era fraco e tinha uma saúde precária. Os médicos declaravam que o clima de Paris não era bom para mim. Precisava do campo e do Sul. Além disso, tinha quase nove anos, e tia Désirée dizia que tinha chegado a hora de eu começar de vez meus estudos. Decidiu me colocar num pensionato na pequena vila da Provence, onde ela e minha mãe nasceram. Meu tutor, que só sabia obedecer à sua esposa, me conduziu então até Reber, aos "bondosos padres" que gerenciavam a Instituição Saint Louis de Gonzague[2].

A partida me alegrou como uma libertação. Finalmente, a mão pesada e constante de tia Désirée não despencaria mais sobre meu pobre corpo, enquanto meus flancos, apertados pelo outro braço, seriam esmagados pelo osso enorme da anca do quadril! Finalmente, Louise não me estapearia as bochechas e o chamado risonho de Lisa não me faria mais estremecer, como uma armadilha inescapável que me perseguiria, mesmo se eu tentasse fugir...

Tínhamos partido debaixo de uma chuva carrancuda. Passada a metade do caminho, o sol nos sorriu e o céu, de um azul novo, como se fosse reencontrado, parecia me saudar como a um amigo. Em Paris, as árvores já seminuas se agitavam, com suas folhas secas e retorcidas. Aqui, as abundantes folhagens verdes declaravam o vigor de um verão obstinado e alguns poucos

---

2 O próprio Henri Ner, nome verdadeiro de Han Ryner, foi aluno da Instituição Saint Louis de Gonzague entre 1877 e 1879, em Forcalquier, na Provence. Conforme observam Marie-France David-de Palacio e Patrick Cardon na edição de 2013 publicada pelas edições Gay Kitsch Camp (coleção Questions de Genre), a instituição gozava de alto prestígio social e chegou a ter 400 internos. Fechou em 15 de dezembro de 1903. As cercanias da cidade fictícia de Reber, um possível anagrama da cidade de Berre, correspondem às descrições topográficas, a não ser pela proximidade com o mar.

matizes de púrpura anunciavam, cá e lá, as próximas glórias do outono.

Na estação, uma carruagem nos aguardava. Levou-nos até a casa de tia Mélie, impedida pelo reumatismo de vir ao nosso encontro. Veículo, cavalo e cocheiro desapareciam subitamente de minhas lembranças, como se tivessem volatilizado. É provável que meu tio tenha dispensado o cocheiro: "Vá desatar e cuidar do cavalo. Não preciso mais de seu serviço, conheço o caminho."

O abrupto desaparecimento foi decerto muito natural, já que isso só me surpreende pela primeira vez hoje. Até então, eu não tinha absolutamente reparado nele. Minha mente estava preocupada demais.

Consigo rememorar sem esforço, mas não saberia expressar a estupefação e a repulsa que tia Mélie e sua casa me causaram.

No entanto, a casa é bela, toda penetrada pela luz e pela alegria, e toda invadida pela parte de fora desde que se libertara de sua alma apagada e má. Ergue-se entre um terraço que domina o mar e um jardim que corta o riacho d'Arc, entre a beleza soberana e uma graciosidade variegada e frágil.

Porém, quando minha tia estava viva, a casa se isolava, resmungona. O primeiro encontro com ela foi um choque aterrorizante para mim. Dei um grito.

— Meu tio, meu tio, tia Mélie acaba de morrer!

— O que está dizendo, seu maluquinho?

— Não está vendo, meu tio? Todas as persianas estão fechadas.

— Ah, bem... — disse meu tutor, e sua mão me acariciava devagar, acalmava minha emoção. — Olhe só, desde ontem, o meu pequeno François está tão tagarela que não tive tempo de explicar nada. Tia Mélie não gosta da luz.

Repeti, numa exclamação estarrecida:

— Tia Mélie não gosta da luz?!

— Cale-se! — disse energicamente meu tio. — Cale-se. E tente não se assustar quando estiver diante dela.

Subimos os degraus da escada externa.

Quando saímos da claridade ofuscante, enfiamo-nos, tateantes, em um longo corredor escuro. Meu tio, enfim, bateu à porta. Uma voz respondeu, fraca, ou sobretudo abafada, convidando-nos a entrar.

A porta aberta dava para um imenso cômodo quadrado, revestido de azulejos envernizados. Ao longo de paredes escuras, as raras cadeiras me faziam supor que, debaixo de seus forros de sombra, havia quaisquer imobilidades hostis e à espreita. De uma delas vinha um barulho surdo, prolongado, repetido, que me fez agarrar-me a meu tio.

No canto mais afastado, uma grande escrivaninha portava uma lâmpada acesa, mas um abajur espesso aprisionava aquela luz impotente. Recolhida atrás da escrivaninha, uma *chaise longue* sustentava tia Mélie.

Ela mal se levantou para nos receber, desculpando-se por seus reumatismos. Ginasta emérito, tio Bertrand conseguiu se esgueirar entre ela e a barricada. Beijou-a. Ela consentiu. Depois, ele me disse:

— Venha cá beijar sua tia.

Mas permaneci estático, incapaz de tamanho esforço.

Ela sorriu vagamente:

— François é como eu, não gosta de carícias.

Ela acrescentou:

— Nunca entendi que prazer seres razoáveis podem sentir ao pôr seus lábios contra as bochechas de outros. Lábios são sensíveis e o mínimo contato é terrível para eles...

No canto escuro, onde não cessava o barulho surdo e prolongado, um movimento se produziu. Houve um rastejar lento que se esticou. Em seguida, no círculo da penumbra, meus olhos acharam um gato. Depois, à luz, revelou-se um angorá majestoso. Ronronando sem parar, veio até sua dona, a escalou, esfregando-se, até sobre seu ombro e, relando a cabeça contra as bochechas da solteirona, afundou seu focinho em direção ao focinho de tia

Mélie. O focinho sensibilíssimo, ao qual o mínimo contato era penoso, se virou, acolhedor, deitou-se fazendo um biquinho de felicidade. Trocaram um beijo, e também um olhar de amor. Sim, realmente, naquele segundo os olhos ternos de tia Mélie tiveram o brilho de um olhar.

Quando o gato se dignou a descer e nos restituir nossa anfitriã, ela virou a cabeça em minha direção:

— Meu pobre François — disse —, você se parece comigo.

Estive a ponto de protestar:

"Ora, não! O que é isso!..."

Mas ela explicou:

— Você se parece comigo: sua saúde não é boa, a minha também não. Lamento do fundo de meu coração por você, pobrezinho. É tão enfadonho ter a saúde fraca...

Ela parou e olhou para ver se o gato não voltaria. O ingrato tinha ido se alongar ao longe, numa pose de graciosidade indiferente. Então, tia Mélie desenvolveu seu pensamento, demonstrou que, se ela se lamentava por outrem, não era com a intenção de se esquecer de si mesma:

— Sim, é enfadonho ter a saúde fraca. Os médicos nos proíbem os climas instáveis e interessantes, os países de luz suave onde as lindas nuvens cinzas fazem um abajur, peneiram o sol, tornam-no adorável como uma lâmpada... Enclausuraram-me, a mim também, em Reber, nesta terra brutal como um chucro da Provence, nesta terra infame onde tudo é sempre azul.

Ela suspirou profundamente e, depois, com um sorriso de alívio e quase de vitória:

— Mandei condenar as persianas. Protejo-me das insolências desse sol canalha.

Mas, após um silêncio, gemeu completamente assolada:

— Oh, céus! O médico exige que eu viva lá fora por duas horas ao dia. Espero a noite chegar. Mas é irritante ter de manter os olhos fechados quando se quer escapar desse céu sempre azul, sempre berrante igual voz de jeca.

‡

III

Quanta pressa eu tinha de deixar a frígida casa, pressa de me afastar daquele ser frio! Tia Désirée, Louise e Lisa, apagadas ao longe, apareciam para mim menos assustadoras do que tia Mélie. Aquelas, pelo menos, tomavam conta de mim. Para me atormentar, sem dúvida. Mas minha alma de amor preferia a tirania ao vazio encontrado aqui. Lá, eu estava com as malvadas; na casa de tia Mélie, estaria sozinho. A lembrança de minhas inimigas ardia sempre em mim com um sentimento de ódio; aqui, contudo, eu vivenciaria um desprezo mais doloroso que a dor (a dor é um estimulante, o desprezo é deprimente) por aquela que insultava o que eu amara desde sempre e o que eu começava a amar. Como diante de qualquer infame feiura física ou qualquer enfermidade repugnante, minha alma recuava, cheia de repulsa diante daquele ser que fugia do céu azul, cetim luminoso, e do mar, com seu reflexo ondulado e vivaz; diante daquele ser que injuriava a carícia, céu tangível, como se derretesse, e que saboreamos de olhos fechados; diante daquele ser cujos lábios, em vez de tépidas delícias do beijo, aceitavam em ignóbil paródia o contato úmido e frio de um focinho de gato.

Oh, arrepios de terror e de nojo! Tive de almoçar naquela casa cega. Enquanto o meio-dia resplandecia sua luz ofuscante a alguns passos, fui obrigado a aguentar a tristeza paralisada das noites de inverno, a refeição sob a luz débil do abajur e, ali bem perto, à direita e à esquerda, em toda parte, os cantos sombrios onde se agacham, à espreita, prontos para pular à sua garganta, os pavores.

Que palpitação aliviada, que alegria impaciente me erguia assim que via chegar a hora de partir! E como tive esperanças de só retornar ali em raras ocasiões.

Mal alcancei o lado de fora, meu olhar de prisioneiro foragido já beijava amorosamente tudo o que tia Mélie odiava: o céu, imenso como um livramento; o verdor do vale, secreto e doce como um refúgio; as brancuras das colinas, luminosas promessas de espetáculos alargados;

e, sobretudo, sobretudo o mar, aquele azul vizinho que eu poderia tocar, onde poderia mergulhar meu corpo numa carícia que me penetraria por inteiro.

‡

IV

Eis-me na Instituição Saint Louis de Gonzague. Tento reencontrar meu entusiasmo dos primeiros dias pela vasta casa. Volto a descer rumo àquele passado distante, através dos anos de esquecimento, bruma vaga; mergulho sob os anos de familiaridade, água turva que encobre a beleza fresca do encontro primeiro. O esforço é penoso, mas tão bem recompensado. Reconquisto o tesouro do qual a água lodosa, gota a gota, me separou.

Aquele que amou uma mulher à primeira vista e, em seguida, viveu com ela por muito tempo, se habituou à sua presença constante, quase despercebida, para depois perdê-la; ele pode reconhecer uma alegria nostálgica, análoga à minha alegria de agora. Consegue, com um impulso que mil obstáculos retardam, mas que nada detém, voltar ao dia esplêndido, renovar a doçura abatedora do primeiro choque. Consegue, apesar da contradição ensurdecedora dos anos, ouvir de novo, tão frágil embora reconhecível, a nota divina.

Oh, casa, sei que o seu aspecto disse a outras crianças o contrário do que disse a mim. Deixavam, friorentos, o morno colo materno e você parecia fria a eles. Todos os caprichos deles ontem despertavam sorrisos que aquiescem e agradecem: "Estou tão contente, meu filho, em poder agradá-lo!" Você lhes falava da regra e sua voz parecia severa.

Mas a regra, a lei fixa e conhecida, para aquele que escapa às tiranias cheias de caprichos e contraditórias, se chama liberdade. Eu era um pobre passarinho que ignorava o céu, agora há pouco nas mãos de crianças más, regozijado e libertado pela imensidão do aviário.

Porque você é vasta, ó casa. Foi construída para mil e quinhentos alunos, e nós sequer éramos cem internos.

Seus caminhos pelas nobres aleias de velhos plátanos traçavam um passeio pela cidade. Sim, eles eram maiores que o passeio de Reber, que parecia sua continuação do outro lado do muro. E, amplo átrio de beleza soberana, formavam um terraço acima do mar.

Os recreios eram longos. Eu podia passá-los com os cotovelos apoiados sobre a mureta, o queixo sobre as mãos, os olhos perdidos no infinito azul. O ritmo da onda cobria o barulho das brincadeiras, protegia meu sonho daquela desarmonia. Ninguém vinha me arrancar brutalmente de minha contemplação. Quando preferia me juntar a meus colegas, brincar de esconde-esconde com eles, sentia, tremendo-me todo atrás de um enorme tronco, emoções de vida em liberdade.

O único "bedel", longínquo e vago, desfilava sua batina. Raramente se permitia uma reprimenda. Quando tinha a infelicidade de esquecer sua impotência por um instante, nós nos aglomerávamos ao redor dele e o assolávamos com vaias. Doces momentos: era como se eu me vingasse de tia Désirée.

Ele se afastava com ameaças imprecisas que, como bem sabia, não poderia honrar. "O diretor[3] preferiria demitir vinte bedéis a um aluno."

Ao término das horas de estudo, ele estava relegado à sua cadeira. Tão logo se levantava para ver o que um de nós fazia, um coro de protestos se elevava do lado dos mais velhos: "Fique quieto! Assim não dá para estudar!"

Nós, os mais jovens, um pouco mais tímidos, apoiávamos, contudo, a revolta, arrastando os pés sobre o piso de madeira e emitindo longos murmúrios de boca fechada. O pobre bedel voltava ao seu lugar, derrotado.

---

3 Em nota na edição referida de 2013, os curadores observam que o diretor da instituição era então o abade Séraphin Lemoulin, mais adiante chamado de "abade Saurien".

Os alunos dominavam também na sala de aula. Jamais éramos menos de sessenta. O professor desenrolava seu curso de maneira mecânica, sem se preocupar em ser escutado, sem vontade de tomar conhecimento do que estávamos fazendo. Ele sabia, por meio de demasiadas experiências humilhantes, que não poderia fazer a mínima observação sem que se sublevassem protestos unânimes e um barulho crescente de reclamações. Quando isso acontecia, o diretor vinha correndo até o alarido e repreendia o pobre coitado, zeloso demais, por "falta de pulso firme".

Durante o dia, tudo aquilo me divertia, me parecia ser a vida. Não me dava conta de estar sendo maldoso, de que os "tiranos" achincalhados eram bastante miseráveis e tiranizados. Não reparava que meus gritos eram brutalidades semelhantes às de Louise, e meus murmúrios, malícias dissimuladas tão condenáveis quanto as de Elisabeth.

V

Triste era aquela hora da noite. As noitadas de um solitário são sempre melancólicas: por comparação, parecem brandas se seus espinhos imóveis coroam dias malvados; elas são terríveis se chegam depois da claridade, da alegria e do olvido.

Eu chorava em minha cama não de nostalgia do passado, como outros "mais novos", mas por estar exilado, sem lembrança, de nostalgia do desconhecido. Era pelo afeto que meus soluços chamavam: o afago protetor do pai e seus carinhos nos quais nos aconchegamos; a carícia do irmão, um pouco de provocação, e que faz cócegas, e que faz rir ao mesmo tempo que comove, e que é um jogo assim como um beijo.

Como um esfaimado que ontem comeu um bocado rumina essa alegria e esse pesar, eu revia e escutava o senhor diretor, o abade Saurien, padre franzino e

encantador, um corpo flexível que parecia se dobrar como arbustos amigos pela força do vento, um rosto que era todo sorrisos, palavra que roça e envolve como um perfume. Sempre que me encontrava, sua mão acariciava minha bochecha, algumas palavras acariciavam minha alma. Depois, oferecia balas para mim, as quais eu chupava com alegria. Suas mãos finas tinham encostado nelas, que derretiam entre meus lábios como um longo beijo.

Perguntou-me se eu estava bem, se me acostumara à casa. Respondi com "sins" que eram ao mesmo tempo sinceridades, timidezes e emoções. Sim, eu estava feliz, pois tia Désirée não estava lá, nem Louise, nem Lisa. Sim, senhor diretor; como não responder "sim" quando é o senhor que me interroga? Sim, estou feliz, já que estou vendo um sorriso, já que meu rosto, ainda completamente vermelho de alegria, acaba de sentir um contato benévolo.

Após sua partida, eu suspirava, em parte porque ele não estava lá, mas sobretudo porque eu não ousara os carinhos mais íntimos que tio Bertrand me permitia: eu não me atrevera a saltar sobre seu pescoço e a regalar meus lábios contra suas bochechas; sequer ousara me esfregar em seu corpo com meu corpo felino. Não me atrevera e sentia, que pena!, que jamais me atreveria, aquelas palavras que me pareciam jovens demais para minha idade, aquelas palavras "de criança de três anos": "Feliz, sim, senhor diretor, eu sou, de dia. Porém, à noite, fico triste como sempre fui triste, porque estou sozinho em minha cama."

Por vezes, à noite, no vago sofrimento presente, prometia a mim mesmo, um dia, ousar. Seria em confissão. Depois de meus outros pecados, eu me deteria, tremendo-me todo, e um murmúrio vergonhoso daria a entender que ainda teria algo a dizer, algo terrivelmente difícil. Alguém me interrogaria, me pressionaria com perguntas. Eu responderia de maneira vaga — e, ainda assim —, tremendo, já que daria um passo em direção ao

abismo que, sob uma nuvem de trevas, esconderia talvez uma grande alegria —, eu responderia: "Padre, eu me culpo por ter tido pensamentos jovens demais." E, a ponto de desvanecer, eu tremeria e desejaria que me perguntasse: "Quais pensamentos jovens demais, meu filho?" Mas não me perguntaria. Minhas duas mãos se apoiariam inteiramente trêmulas sobre meu coração, pobre pássaro que se agita, emocionado demais, que parece querer voar para longe. Por muito tempo, não teria mais forças para falar. Ah! Como gozaria profundamente com meu terror, e com consolações, e com motivações, e talvez com rudezas que exigiriam a confissão completa. Enfim, elas, palavras impossíveis, seriam pronunciadas e eu me sentiria quebrado como após um dia inteiro de enorme cansaço.

E depois? O que aconteceria depois? Tinha a impressão de escutar, grave, sisuda e terrível, como a voz de Deus a dirigir-se aos condenados na grande cerimônia do Juízo Final, a voz do senhor diretor. Ela dava broncas, indignada. Oh! Daí era demais para minha fraqueza, eu desmaiava.

Quando eu recobrava os sentidos, o senhor diretor me consolava, ele próprio se culpava um pouco: "Fui duro demais. Esqueci os cuidados que sua saúde exige. Mas é preciso expulsar tais pensamentos, meu filho. Prometa-me que não voltará a tê-los."

Eu chorava: "Não posso prometer nada. Não depende de mim. Não consigo impedir que eles venham todas as noites. É a minha maneira de ser triste por ser órfão." E, de fato, todas as noites eles, os pensamentos jovens demais, retornariam, carregados do mais pesado desespero.

Algumas vezes, o sonho tinha um desfecho feliz. O bom Deus é tão bondoso, e o senhor diretor me parecia bondoso como o bom Deus. Com voz meiga e firme de pai, o senhor diretor responderia à minha trêmula confissão: "Mas não é um pecado, meu filho. Você é órfão e foi confiado a mim para eu substituir seus pais. Se seu pai fosse vivo, ele o acolheria às vezes

em sua cama grande. Eu serei o exato substituto dele. Esta noite, e outras noites, de tempos em tempos, virei chamá-lo depois da prece. Você só terá de se levantar no meio da noite e retornar ao dormitório, sem dizer nada a ninguém. Porque, caso contrário, seus colegas sentirão ciúmes. Você entende, meu filho? Sou um pai que tem filhos demais, e os outros não precisam saber que François é o preferido."

Ah! Quando eu imaginava essas palavras, quando as dizia, repetia a mim mesmo com o delicioso cochicho do senhor diretor em confissão e me sentia feliz a ponto de morrer.

Outras vezes, eram carícias fraternas que embelezavam e comoviam meus sonhos, beijos talvez não tão bons, sem gravidade, sem profundidade, distribuídos de maneira bastante atordoada, mas talvez melhores e com uma alegria mais latejante, que lateja até se fazer riso. Rostos de colegas passavam, clareavam a noite, os rostos mais delicados, os mais tocantes, os mais parecidos com o meu ou, ao contrário, rostos dos mais velhos, joviais, enérgicos, já quase viris.

Esse sonho me encantava menos do que aquele outro: ele se dispersava em demasiados desejos incertos. Não agrupava seus raios em auréola ao redor de um único rosto, de um único sorriso, de um único olhar. A escolha do pai fora feita; eu hesitava entre vários irmãos de coração.

Tudo isso, oh, meu pobre François!, há tanto tempo tão ignóbil, tudo isso o direcionava às infâmias futuras, sem dúvida, e, no entanto, tudo isso era puro como os gestos dos anjos. E se você, ao narrar aquele passado antigo, pudesse limpá-lo de tudo que sucedeu, encontraria o sorriso feliz e melancólico, o sorriso lindo e ingênuo do pequeno François.

‡

VI

Curvado sobre mim mesmo, plenamente ocupado em reviver meu dia como um primeiro capítulo de romance e irradiar alegria por todos os lados, eu tinha, entretanto, na semiescuridão flutuante da primeira hora, na escuridão total que se seguiu, a impressão de que um mistério me rondava. Mesmo com os passos regulares do bedel, que vagava, eu escutava, quando ele estava do outro lado, cochichos, rastejares apressados, toda sorte de barulhos indistintos. Depois, quando os passos paravam de ritmar o quase silêncio, quando a última luz se apagava, quando o bedel se fechava em seu quarto, fortaleza de impotência ou de indiferença, os movimentos aos poucos ganhavam força e se tornavam mais ousados, se multiplicavam. Os cochichos aumentavam, mais contínuos e, às vezes, barulhos sufocados, que me pareciam barulhos de beijos, eram interrompidos.

Afirmava a mim mesmo, estremecendo todo de desejos enciumados, que tinha me enganado. Nenhum beijo poderia ser trocado no dormitório frio. Ouvira um barulho de minhas lembranças ou de minhas esperanças. Ao mesmo tempo que acreditava ouvir, não tinha eu acreditado ter visto, visto meu tio Bertrand, visto meu pai debruçado sobre mim para a doce carícia de adeus que delimita a felicidade e o calor?

Desde então, compreendi: o barulho, de fato escutado, criava a visão. Porém, naquela época, acreditava que a visão e o barulho eram igualmente ilusórios. Eu os tomaria como aqueles estranhos sonhos da véspera chegando ao fim, como aqueles sonhos cujos gestos levianos tecem sobre nós a fina rede do sono.

‡

VII

O esforço para fixar o pensamento deforma o pensamento. Preciso me recordar dos costumes da Instituição Saint Louis de Gonzague. Mas em que momento devo escrevê-los? Agora? Seria destruir de uma vez, e cedo

demais, o mistério tão lentamente enfraquecido. Seria pedir ao dia torrencial do meio-dia que explicasse os vagos clarões noturnos e o tremor da aurora que titubeia. As palavras são os coveiros das coisas e enterram muitos vivos. Se eu falar antes da hora em que soube, não poderei mais encontrar a mistura de curiosidade, de terror, de desejo inquieto que me mantinha desperto durante horas, mistura vacilante em que a potência de diversos elementos variava sem parar.

À primeira vista, parece que o progresso era contínuo rumo ao desejo e prolongava a diminuição do medo. Mas se eu observar por um pouco mais de tempo um período curto desse passado, se reavivar os detalhes, bem verei que os terrores tinham bruscos retornos e as inquietudes, dissimuladas revanches. A realidade, às vezes um devir, é sempre uma flutuação. Expressar um determinado momento é distorcê-lo, atribuir-lhe uma importância exclusiva que não teve, torná-lo claro e fixo, embora tenha sido um cambaleio obscuro.

Talvez eu devesse esperar para delinear um quadro dos costumes que me rodeavam, no momento em que compreendi. Mas qual é esse momento? Vejo perfeitamente que os escritores escrevem apenas convenções. Se um deles contasse minha história, recolheria em um diálogo a lenta revelação ou, talvez, atribuiria a um detalhe qualquer valor mais importante do que se deveria atribuir, em detrimento de outros detalhes mais importantes. A arte de escrever seria apenas a arte de condensar brumas longínquas e fazê-las se passarem por rochas?

Muitas palavras precedem a conversa que aparentemente tudo esclarece e fazem parte de sua luz; muitos fatos pequenos ganham vantagem sobre aquele que parece importar e que, sem que eu saiba o motivo, acrescenta à sua força própria a potência economizada deles. A água vai cobrindo lentamente o obstáculo até que, finalmente, o leva. Ver apenas o momento de seu triunfo é não ver nada. E, no entanto, como ver o restante e, sobretudo, como

dizê-lo? Posso contar as gotas que prepararam a vitória e por que eu assinalaria uma em detrimento de outra?

Como captá-los, oh, clarões esparsos, cujo fremido foge e retorna, que por muito tempo resplandecem e parecem escurecer para, depois, de súbito, se mostrarem? Oh! A mentira, quiçá inevitável, de agrupá-los em um pequeno espaço, de dispor sabiamente esses clarões do acaso, como as luzes de um lustro e, agora que conheço o ponto de chegada, de esquecer as hesitações, as incertezas que são a vida inteira, de considerar a errância vaga e tateante como uma caminhada direta e segura, e de dar uma eloquência ousada ao balbucio...

Entretanto, estaria sendo muito injusto comigo mesmo se não contasse um pouco sobre o meio que contribuiu para minha formação.

O que pode ter formado esse mesmo meio? A amenidade voluptuosa da região é a culpada? É preciso culpar a imensidão da casa, construída para mil e quinhentos alunos, e suas inúmeras partes inabitadas, quase desconhecidas, onde era possível errar em liberdade? Deve-se acusar o diretor de indulgência criminosa e de otimismo voluntariamente cego, ou era impossível obter algo melhor dos alunos que lhe eram confiados? Em sua maioria, marselheses sem família ou quase abandonados por suas famílias. Os órfãos, muitos; os filhos ilegítimos, não raros. Não posso esquecer os costumes infames da maioria dos mestres, professores de araque, jovens de bata que a fome havia vestido com o uniforme eclesiástico, pobres sedentos de amor, exilados do mundo feminino por sua miséria, sua timidez e seu hábito, a enganar sua concupiscência como podiam.

Ignoro que parte de responsabilidade deva remeter a cada uma dessas causas. Mas a Instituição Saint Louis de Gonzague era um asilo de carícias viris, uma cloaca de alegrias vergonhosas. Em toda parte, atrás dos vastos plátanos dos imensos pátios; na sala de estudos, abrigados pelas carteiras elevadas; em todos os cantos perdidos trocavam-se beijos o dia inteiro. À noite, o dormitório

ganhava uma infame vida de sussurros e toques.

A maioria dos jovens burgueses de Reber assistiam às aulas na qualidade de externos vigiados e aderiam aos costumes da casa. Esses costumes tenazes eram por eles conservados até muito antes na vida e a cidadezinha inteira estava infectada. Nos passeios de quinta-feira e de domingo, ex-alunos nos acompanhavam. Enquanto estávamos caminhando em grupo, proseavam comportados conosco ou com o bedel. Mas, assim que chegávamos ao destino, nos dispersávamos e eles iam se esgueirar com seus velhos amigos em algum oco obscuro do pequeno vale ou atrás de algum rochedo.

Esses passeios nos levavam quase sempre à colina de Mourres. O termo provençal que a nomeia significa "fuças" ou "focinhos"[4]. Todo o seu flanco é coberto por rochas de dois metros de altura e de largura quase igual à altura. O tempo desenhou esses escombros em formas bizarras: de longe, a colina aparece encoberta por um exército de animais apocalípticos e por homens assustadores. Aguardam deitados, à espreita, e cada rochedo é uma cara ou cabeça fazendo careta. No cume, uma ruína esbelta e elegante, chamada, não sei por que, de Torre de César, parece o general da artilharia pesada. Duas vezes por semana, a torre e cada "fuça" abrigavam beijos infames e, sob o cio do sol, diante das arfadas apaixonadas do mar, a fantástica colina se animava com uma fervilhante vida infernal.

‡

---

4 A região de Mourres, ao norte de Forcalquier, é conhecida por suas formações calcárias, resultantes da erosão diferencial de formações lacustres oriundas do Oligoceno, como notam De Palacio e Cardon. De fato, como o narrador aponta, o termo *mourres* significa, em occitano, "focinho", "cara", "fuça" etc. e será empregado na narrativa para designar os pequenos montes atrás dos quais os internos costumavam se encontrar.

VIII

A beleza da região me emocionava cada vez mais e me satisfazia cada vez menos. Estaria cometendo um erro, uma espécie de sinceridade, se juntasse em descrições os detalhes que me agradavam. Uma descrição é algo claro, estável, fixo, um pouco pesado, e meu amor por essa região sempre foi um desassossego.

Eu gostava sobretudo do mar. O amor pelo mar, que nostalgia...

Reber é uma espécie de oásis perdido no deserto. Um canal e o pequeno riacho d'Arc lhe trazem água, possibilitam uma grosseira beleza verde e abundante, sã e banal ao vale. Mas é encerrada por colinas secas, rochosas, refinadas em uma elegância raquítica. Elas se elevam em degraus sucessivos, oferecem, em alturas diversas, pequenas chapadas sobre as quais é possível retornar a um espetáculo cada vez mais amplo. Esse espetáculo, mais e mais generoso, oferece a vista de uma parte do lago; depois, o lago inteiro e suas mais admiráveis curvas; bem além do lago, o infinito do "grande mar". Quanto mais se afasta do pequeno rincão fértil, mais se sente a nobre beleza dos grandes espaços sem detalhes, mais a mente se sintoniza com o ritmo dos carvalhos-anões, que parecem carneiros ao longo das rochas à luz branca, e se sintoniza com ritmo das ondas que fazem do mar sem fronteiras uma harmonia no sol.

Creio que nunca gostei do vale verde e abundante por si só. O que admirava nele não era sua potência fértil e seus sombreamentos repousantes; eram as linhas que o demarcavam. E mesmo essa fronteira pouco detinha meu olhar e minha alma. O sonho se evadia daquele lindo estreito-e-diverso sobre o belo mar, grande e simples, ou sobre as colinas quase nuas que exibiam suas chapadas em belezas dominadoras e monótonas. Algumas vezes — pois cada vez mais eu sentia que o amor era coisa para se esconder —, um recôndito de bosque emprestava sua intimidade sombreada às minhas esperanças e eu o povoava com carícias trêmulas. Mas, com maior

frequência, meu sonho se refugiava sobre algum bote ninado pelo ritmo da maré ou em algum esconderijo das colinas, lá no alto, na torre de César, por ali, mais perto, atrás daquele morro que fazia uma careta como se desse as boas-vindas.

Meus passeios, como minhas primeiras horas de dormitório, eram estranhos tremores. A volúpia do sentimento de não estar sozinho, e de abraçar um outro eu, e de dar uma emoção feliz ao receber uma emoção feliz assombrava-me cada vez mais como uma alegria vizinha, porém inacessível. Cada vez mais eu descobria que outros, mais instruídos, mais hábeis ou mais arrojados, realizavam o meu sonho. Eu reparava, com crescente ciúme, naquelas "amizades especiais" que o senhor diretor tão energicamente condenava. Sentia que haveria imprudência ou feiura em tentar se colocar entre dois colegas que se amavam. Não conseguia definir minha necessidade de amor antes de me certificar de que um dos quatro ou cinco que me agradavam de modo especial também era um isolado como eu e esperava por mim assim como eu esperava por ele.

‡

IX

Tenho momentos de ousadia e períodos de arisca timidez. De onde vêm essas fugas desvairadas de meu querer? Devo culpar minha educação? Minha infância infeliz me acostumou a recuar diante da vida incerta como diante das brutalidades diretas de Louise e de tia Désirée; diante da vida sorridente como diante dos chamados capciosos de Lisa? É minha natureza a culpada, o sentimento de minha fraqueza e, também, o ardor de meu desejo? Quando leio versos em voz alta para mim mesmo, se uma passagem me toca, me entusiasma, a língua, paralisada pela alegria literária, de repente se põe a gaguejar, então suspeito que, se minhas ações gaguejaram com frequência, é porque sou um apaixonado.

Naquela época de iniciação tateante, minha timidez aumentou naquilo que, aparentemente, deveria tê-la diminuído. Logo senti que quase todos me achavam bonito. A maioria dos mais velhos e muitos dos mais novos desejavam de mim algo que era carícia, ó júbilo!, mas que era também, ó terror!, desconhecido.

E minha timidez agravava-se de não sei que pudor.

Se um único deles tivesse me desejado, acredito que lhe teria dirigido sorrisos encorajadores e meus olhares lhe teriam dito: "Fale!" Mas eram muitos os olhos e as almas daqueles que me espreitavam. Eu descobria que um círculo de ciúme quase eclodido rodeava meu futuro: assim que tivesse decidido, assim que tivesse escolhido, dez desejos virariam ódio. Às vezes, eu me via tentado a explicar a algum deles: "Eu te amo, você e todos aqueles que me amam, e quero dar a todos vocês os agrados que quiserem. Vá e diga aos outros o que eu te digo." Mas esse pensamento me fazia enrubescer porque, mesmo se dirigidas aos mais delicados de meus pretendentes, essas palavras, eu sentia, trariam invectivas de rude desprezo.

Por outro lado, eu estava desnorteado, inquieto com a falta de efeito das palavras e dos atos de meus colegas. Ora frases e gestos balbuciavam o amor, ora tudo berrava o ódio ou a inveja. Eu era o mais rico e, senão o mais belo, ao menos o mais femininamente bonito; era ao mesmo tempo o mais jovem e o primeiro da turma; era o mais paparicado pelo diretor e pelos professores. Por todos esses motivos, os mesmos que me amavam também me detestavam. Mas me detestavam principalmente porque outros me amavam e porque eu não evitava esses outros mais do que os evitava.

Ademais, minha fraqueza inofensiva endurecia os gestos de ódio, ao passo que minha graciosidade doentia e um pouco orgulhosa, meu porte que me isolava, a meu contragosto, intimidavam os ímpetos de amor.

Certo dia, durante o recreio da manhã, achei em uma parede as seguintes palavras: "Eu amo François

de Taulane." Tentei descobrir, em vão, quem as tinha escrito. No recreio seguinte, corri para aquele canto de delícias. Que pena! O começo da frase comovente tinha sido apagado e palavras maldosas a concluíam. Agora, lia-se: "Detesto François de Taulane, que fede a orgulho." Recebi um golpe ainda mais violento pelo fato de a palinódia ter a mesma caligrafia da declaração anterior. Apoiei os cotovelos sobre a muralha baixa, de frente para o mar, e comecei a chorar, observando as ondas que avançam para recuar.

Eis que, em todos os muros, em todos os bancos, em todas as mesas, encontrei meu nome ora escrito sozinho, ora seguido de insultos ou declarações.

Na maioria das vezes, as inscrições expressavam diretamente, em termos obscenos, desejos sórdidos.

Eu já tinha ouvido as palavras infames que agora lia; entretanto, ainda não as compreendia. Não me traziam nenhuma imagem exata. Mas sentia vagamente a grosseria delas e corava ao me deparar com elas. Odiava aquelas palavras porque eram pronunciadas aos risos; porque diziam, imundas como uma gororoba de palavras, o desejo grosseiro ou a satisfação grosseira dos corpos; porque ignoravam a verdadeira volúpia de compreender, pela linguagem do corpo subitamente iluminado e enobrecido, que nossa alma não está perdida, sozinha no infinito; porque, sem vantagem alguma, tornavam feia e grotesca a mais bela e a mais profunda de todas as coisas: a carícia.

Aquela perseguição por escrito me exasperou. Não ousava mais olhar para os lados. Não ousava mais me isolar para divagar em algum canto do pátio. Atrevia-me menos ainda a me misturar com meus colegas: as grosserias ouvidas golpeiam com um choque que machuca mais que as grosserias lidas. Pobre cãozinho medroso, eu ficava o recreio todo ao lado do bedel, que nada entendia da minha repentina amizade.

‡

Eu passava os curtos períodos de férias na casa de tia Mélie. De forma alguma eles interrompiam o trabalho que estava sendo feito dentro de mim. Pelo contrário, naqueles períodos de calma e solidão as grandes iluminações vinham até mim. Tia Mélie tinha dificuldade em suportar minha presença. Eu aproveitava daquela afortunada situação para viver no pequeno jardim à beira do rio sussurrante e no terraço defronte ao amplo resfôlego do mar. Por vezes, ia-me embora, corria para me esconder na colina atrás de alguma "fuça". Quando meu relógio dizia que a hora da refeição estava chegando, retomava a trilha.

Correndo em direção à casa cega, eu amaldiçoava tia Mélie. Tão logo despachado o jantar, de volta a alguma de nossas caras solidões, comparava esta solidão indiferente daqui com aquelas de Paris, malvadas e atormentadoras, e chegava quase a amá-la.

Minha vida interior era intensa e eu revolvia certos pensamentos até condensá-los em fórmulas bizarras. Um dia, ao deixar tia Mélie, disse a mim mesmo, a meia-voz: "É confortável ser egoísta." Outra vez, minha satisfação exprimiu-se assim: "Tia Mélie é gentil como uma mulher que estaria morta quase o tempo todo."

Foi durante o feriado de Natal que eu senti a inutilidade de qualquer investida junto ao senhor diretor. Na mesma época, a partir de minhas observações anteriores, tinha chegado à conclusão de que realmente se trocavam carícias fraternas no dormitório e os casais que me insultavam, quando eu, alma penada, passava atrás de seu morro, eram casais de namorados. Foi nesse momento que decidi amar um colega e ser amado por ele. Até então, eu tinha passado metodicamente todos os meus condiscípulos em revista e escolhi os mais belos: três "pequenos" da minha idade, dois "grandes" de catorze e quinze anos. Prometi a mim mesmo que um ou outro entre os cinco receberia minhas carícias um dia e as retribuiria.

Essa decisão tinha mudado minhas atitudes, tinha me tornado tremelicante e desengonçado, fez de mim um enigma para meus colegas, atraindo-os e causando-lhes repulsa. Aliás, nenhum dos cinco eleitos por mim parecia me notar e outros me cercavam de um amor que cada vez mais se transformava em ódio.

Chegou o feriado de Páscoa no momento em que os muros, as carteiras, os bancos me injuriavam ou me perguntavam grosseiramente certas coisas sedutoras e assustadoras, carícias de nomes grotescos e de natureza desconhecida. Minhas reflexões me levavam a esta conclusão, aliás, titubeante e que eu sempre rejeitava: "Eles são maldosos como Lisa." Isso queria dizer que se eu concedesse o desejo de um de meus pretendentes, primeiro ele me bateria e, depois, entre risadas vaidosas, contaria o nosso segredo a todo o mundo; e eu teria vergonha quando ele ou outro me visse. Então, todo mundo me insultaria, todo mundo me evitaria com nojo e alguns bateriam em mim. Isso não poucas vezes, porque eu era fraco e porque era bonito; e porque teria cedido a um ou outro que tivesse exigido meu carinho como algo que não me pertence, mas que não teria mais o direito de recusar.

Essas carícias exigidas não eram — e eu bem sabia disso — os beijos doces e simples que dava em tio Bertrand. Eram outra coisa que gostaria muito de saber e que ansiava por aprender, outra coisa que talvez me embriagasse ou, talvez, me causasse asco. O que era desolador é que, depois da primeira vez, mesmo se tivesse nojo do beijo, ele me seria imposto.

O temor de me tornar o brinquedo de todos ainda iria me proteger por algum tempo. Agora prometia de verdade a mim mesmo, eu permaneceria "puro", como o senhor diretor dizia, até a véspera das férias. Naquele dia, e não antes, eu seria o namorado de algum rapaz mais velho, de um daqueles que não voltariam mais. Conheceria a carícia inquietante. Caso me enojasse, ninguém ficaria sabendo de minha complacência e eu

sempre poderia me defender. Caso me inebriasse suavemente, eu a distribuiria durante todo o ano seguinte, e o ano seguinte seria uma longa felicidade.

‡

XI

Após o feriado de Páscoa, a perseguição por escrito continuou, desta vez com uma modificação curiosa. Meu nome não estava mais escrito em lugar nenhum: declarações grosseiras e pedidos ignóbeis se dirigiam à "senhorita Françoise", em grande parte das vezes, à "mulherzinha". Sem hesitar, entendi que se tratava de mim.

"Senhorita Françoise" não me desagradava nem um pouco; "mulherzinha" me agradava muito. Este último apelido tinha um quê de doçura, de ternura, também de enfermidade, algo que me parecia expressar deliciosamente a minha graça frágil. E, de fato, eu não analisava. Mas frequentemente me escondia para me olhar num espelho de bolso murmurando: "Mulherzinha!" E sorria, comovido. E meus olhos não ficavam marejados, mas — oh!, estranha impressão que sempre encontrei por trás de meus sorrisos — tive a impressão de que meus olhos choravam, do outro lado, do lado interior, lágrimas sutis.

No entanto, esse nome encantador e emocionante como uma nostalgia era às vezes desagradável a meus ouvidos. Alguns tinham modos tão desdenhosos de me assobiá-lo ou maneiras tão imundas, tão beiçudas, tão gordurosas de me soprá-lo à orelha. Então, eu me refugiava de coração revolto na bata do bedel. E um grito irrompia, repetido por mais vinte gritos:

— A mulherzinha é um dedo-duro!

Jamais me lamentei, nem sequer das piores brutalidades. Sentia o pobre bedel tão impotente para me proteger a partir do instante em que não estava mais agarrado à sua bata. Todavia, minha reputação se fez rápido: eu passei a dedurar. Colocaram-me de castigo.

Eu mesmo agravei minha solidão. O bedel, durante

um passeio de quinta-feira, quando os alunos se dispersaram, me fez sentar ao seu lado na torre de César. Falou-me com afeição durante muito tempo; e sua mão acariciava minha bochecha, depois continuava, carinhosa, como que feliz, minhas costas tremiam, ela girava em volta de meus rins, descia mais... Eu tremia de uma emoção complexa. Será que viria, protetora e paterna, a carícia desconhecida que me sobressaltava com desejo e temor?...

Observei a mão, era feia, seca e nodosa. Pensei: "A mão de tia Désirée com pelos por cima!" Tive um espasmo de asco e ódio. E meus olhos se voltaram ao rosto vermelho, aos lábios pesados mal-barbeados, aos olhinhos afundados, espreitadores, brilhantes de não sei que abjeta esperança. Tudo aquilo era infame. Não, não. A carícia deve ser a comunhão de duas belezas. Não, eu não queria pertencer a toda aquela feiura transpirante. Levantei-me, tremendo de medo, tremendo de indignação. E, em vez de simplesmente dizer as palavras simples, berrei como se tivesse gritado um terror e um horror: "Vou brincar, senhor!" Fugi. A partir de então, evitei o bedel como se evita, mesmo quando se gosta de lugares ocultos e íntimos, um buraco cheio de lama.

‡

XII

Nas redondezas da extremidade menos frequentada do imenso pátio, romãzeiras trepavam ao longo do muro de suporte. Antes da densa tapeçaria verde semeada de flores vermelhas, eu tinha descoberto um vão no muro, uma espécie de nicho estreito onde um interno mais velho não poderia se esgueirar, onde eu conseguia permanecer. Eu tinha introduzido uma pedra grande que servia de assento. Cinco minutos antes do término da aula, pedia para sair e corria para me enfiar em meu esconderijo. Quando tocava o sinal do fim do recreio, esperava, imóvel, até que aquela parte do pátio ficasse completamente deserta. Como estava de castigo, nin-

guém se surpreendia ao me ver chegar atrasado e me lançar detrás das fileiras já formadas.

Naquele canto desconhecido, eu saboreava todas as atrozes alegrias da proscrição. Através dos grossos galhos, observava o mar como um espelhamento múltiplo, gingando e cantando: tal qual o céu visto de um sub-bosque quando a seda do céu estava móvel e ruidosa. Com meu espelho de bolso quase sempre sob meus olhos, eu arrumava com lentas carícias meus cabelos cacheados, sorria para minha beleza e repetia para mim mesmo, como uma declaração de amor: "Mulherzinha! Ah! Linda mulherzinha..."

Talvez houvesse algum narcisismo naquela autoadmiração. Havia principalmente outra coisa. Pois eu pronunciava as palavras de emoção com uma voz comovida e que nunca seria a minha voz. Não demorei a perceber isso, e indagar-me passou a ser um jogo tenso: "Que voz acaba de me amar?" Eu buscava. Parecia-me ter acabado de imitar inconscientemente o tom de certo colega mais velho ou de algum mais novo. Eu dizia: "Amo Émile Pérol." ou "Amo Paul Marchal." Às vezes me dedicava a tomar a voz de um ou do outro. Mas, na maioria das vezes, não premeditava minha imitação. E, de repente, uma entonação me detinha: pertencia a esse aqui ou àquele lá, a um belo que me atraía, a um feio que me amedrontava, inclusive a Romanes ou mesmo ao bedel.

Quando a descoberta se revelava humilhante, ficava irritado comigo mesmo. Chorava de raiva. Teria, então, o longo jejum de carícias me aviltado a tal ponto que estaria disposto a me entregar ao primeiro que viesse? Eu me consolava. Erguia a cabeça. Não, eu era mais delicado e mais corajoso. Tinha dado no pé quando o bedel tivera vontade. E aquela fuga me parecia nobre, heroica.

Mas, numa repentina reviravolta, eis que eu me censurava por tal fuga. Se tivesse ficado, conheceria agora a carícia tocante e assustadora. Foi mesmo movido

pelo pavor daquele ser feioso que eu tinha ido embora? Não fora sobretudo pelo terror do gesto desconhecido? Eu me acusava de ter sido covarde e minha curiosidade ávida se expandia como o frêmito do mar infinitamente nostálgico e ofegante.

‡

XIII

Através da tapeçaria verde onde as flores vermelhas impunham brutal beleza, eu não via apenas os enormes plátanos do pátio e a inquietude do mar. Também havia espetáculos humanos. Um casal costumava ir atrás do abrigo de um tronco para se amar. Os beijos à moda da Instituição Saint Louis de Gonzague logo deixaram de guardar segredo para meus olhos.

Soube depois que existe outra carícia viril além das que eu via. Jean Provençal, o monstro adorado e detestado que ainda não foi nomeado nestas páginas, e que no entanto é, mais do que a própria Lisa, o mestre do meu destino, não me deixou ignorar nada. Impôs a mim o abraço horrivelmente doloroso que esquece que a mulherzinha não é mesmo uma mulher de verdade, que o amante — quase a amante — não tem órgão algum da volúpia passiva e que meu corpo só pode ser penetrado pelo sofrimento.

Os amores pueris de Reber eram fáceis e doces, sem crueldade para o fraco. Não demorou até que a experiência de meus olhos se expressasse assim em minha mente: "Há duas carícias. Na primeira, a mão colhe uma flor de alegria. Na segunda, é a boca que está feliz e que faz feliz." Eu observava, todo absorto naquele paraíso inacessível, os gestos roçadores e ritmados dos amantes e o que havia de volúpia em seus olhos, que, por vezes, dardeavam a alegria em breves raios, e, por vezes, lentamente se velavam. Eu estremecia, enciumado de suas vermelhidões repentinas e das palidezes que subitamente enobreciam seus rostos.

Quando se contentavam com carícias manuais, eu acabava fazendo o mesmo. Mas não é o abalo nervoso que eu pedia ao roçar demasiado leve. É a alegria de minha mão a sonhar... Não é mesmo, mão, você sonhava e, se está tremendo neste momento, é porque se lembra. Escrevo na desolação de minha alma; mas você, mão que me domina ao invés de me pertencer, freme das mornas volúpias antigas. Enquanto você me tocava, mão ávida, eu fechava os olhos e sob minhas pálpebras cerradas via a alegria embelezar Émile Pérol ou Paul Marchal; às vezes, você fazia tremular em mim o corpo tão flexível, tão maravilhosamente desenvolto do basco Biradiou, ou então um sorriso desabrochava, os traços delicados de um daqueles lindos italianos, os irmãos Carminé.

Assim é a infelicidade da condição humana: os seres mais bem dotados e que obtiveram as mais completas realizações procuram a miragem da felicidade nas primeiras emoções, nos tremores titubeantes entre a esperança e o medo. Pobres livros, estes, o amor, a ambição, a vida: os melhores leitores só se lamentam um pouco dos prefácios gaguejantes. A tristeza do dia faz acreditar, quando a sombra começa a descer, que a aurora fora um encanto. Sem dúvida é uma ilusão comum que hoje encurrala recordações alegres no nicho do muro de sustentação, detrás das romãzeiras em flor. A felicidade jamais existe no presente: a felicidade é uma paisagem que só “se compõe” quando observada de longe. O famoso castigo de isolamento ia afrouxando-se aos poucos. Alguns já voltavam a girar ao redor de mim. Que pena! Não era nem Émile Pérol, nem Paul Marchal, nem Biradiou do corpo flexível, nem os Carminé de perfil florentino.

Eram principalmente o brutal Signoret, Davignon — cuja enorme beleza secreta era enaltecida — e também Romanes, o ignóbil Romanes.

‡

XIV

Por que escrevi "o ignóbil Romanes" e não "o ignóbil Davignon" ou "o ignóbil Signoret"? Escrevi automaticamente, como corria a opinião pública em Saint Louis de Gonzague.

Tento entender por que se desprezava um em detrimento de outros. Eis a explicação, creio eu:

Apenas um dentre meus colegas fugia do vício comum? Parece-me que não. Alguns mais novos se candidatavam, assim como eu, à carícia. Porém, por mais que procurasse, não encontrei nenhum veterano, nenhum aluno do ano anterior que teria evitado o contágio. Ora, era de conhecimento geral que nesse vício, cuja marca todos tinham, alguns raríssimos eram desprezados e, mais que os outros, o Romanes.

Pobre coitado! Sequer consigo recordar seu nome verdadeiro, Romanes. Minha memória o rotula unicamente com uma alcunha. Esse seu sobrenome ridículo vem de um barbarismo bizarro para designar os romanos num de seus temas[5]. Outros cometiam barbarismos, cometiam-nos mais que você. Só você, por um erro cometido em alguma hora de preguiça ou de atordoamento, foi ridicularizado durante anos. Lembro-me, Romanes, de que você era pobre, você era feio, você era sujo. Você estava errado em ser sujo e eu chego a ter quase rancor de sua feiura. Bem acredito que, aos olhos de nossos colegas, a causa de seu grande crime foi sua pobreza.

Você ficava ridículo em suas roupas gastas e curtas demais; suas calças descobriam seus tornozelos e, porque sua manga deixava ver além de seu punho, seus gestos tinham algo de grotesco.

Você era tímido e precisava muito dos outros. Você era um sensual ou um sentimental? Um sensual acima de tudo, ou unicamente. Mas, pelo único arrepio físico que sempre as acompanha, ou também um pouco pela

---

5 "Tema" é o nome dado às divisas militares e administrativas do Império Romano do Oriente.

emoção mais profunda que murmura dentro de algumas almas, a sua virilidade precoce, as suas mãos trementes, a sua grande boca beiçuda precisavam de contatos amigos.

Bastava uma olhadela, o menor sinal, ordem ou solicitação ou talvez pergunta severa e você se entregava a qualquer um, contente. Poucos desejavam sua carícia. Você iniciava os calouros que careciam de ousadia ou de lindos encantos. Quando uma desavença separava os amantes, você conseguia consolar ou um lado, ou outro, ou ambos. Você era a última opção. Também alguns dos mais velhos aguentavam uma vez ou outra a sua feiura por causa de suas raras habilidades complacentes. Mas, embora não fosse pago, você era a cortesã ofendida que, antes ou depois do beijo, faz voltar a crescer o asco brutal.

Quanto mais reflito, mais acredito que você devia ter uma estranha vida interior. Frequentemente, sob um pretexto qualquer, você também estava de quarentena. Perambulava, indiferente, pela corte. Através da distância, tenho a impressão de ver sobre seus grandes lábios um sorriso maliciosamente cético a regozijar, um sorriso de cortesã, minha nossa! Você pensava em alguns de seus mais ferrenhos rivais. "Aquele lá — você se prometia — um dia vai conhecer a destreza de minha carícia, e ver como sei prolongar o prazer, que passa tão rápido com os desajeitados. Vai chegar a minha vez. E depois?... Depois o imbecil vai rugir de satisfação e, como vai se arrepender estupidamente, será mais maldoso comigo."

Outros, sem cair tão ferozmente na boca do povo, eram desprezados por sua complacência banal. Procuro definir o que era o conceito de desonra em nossos jovens cérebros. De maneira geral, havia vergonha em se mostrar amável com muitos. Era uma glória ter prazer com todos, mas somente a um se devia dar prazer. E vou além: se a complacência fosse pública demais, bem-estabelecida demais, e não favorecesse nem um daqueles que tinham influência, a culpa era atribuída ao "mais novo", levianamente.

Nota-se que essa moral que rege relações unissexuais muito se assemelha, contudo, à presente moral que admira Dom Juan e despreza a mulher fácil.

‡

XV

A mente humana compreende pouco e afirma muito. Se desprezo uma pessoa, gosto de acreditar que tudo nela é desprezível; e quase ninguém titubeia em confirmar que os vícios nunca vêm sozinhos. Ouvia repetirem ao meu redor que o femininamente infame Romanes era covarde como uma mulher. Sua feiura pesada me parecia a vestimenta necessária da covardia.

Vi centenas de vezes os mais novos, os fracos e os poltrões se divertirem fazendo-lhe avanias. Parecia que ele não se dava conta disso. Hoje, sinto que ele era de fato indiferente a essas coisas. Andava cercado de lembranças felizes, regurgitando alegrias recentes ou antigas. Ruminando de volúpia, carregava consigo provisões de prazer e as trazia sucessivamente a seu paladar e a seus lábios, de modo que frequentemente estava ausente do presente.

Eu era bastante incapaz de penetrar tão profundamente e nele só via um covarde que, sob insultos e cotoveladas, bem como sob as exigências, simplesmente aguentava. Meu olhar grosseiro o percebia como uma espécie de destroço sem forças que já quase não existia mais. Era principalmente ele, era sobretudo a visão de tantas passividades vergonhosas que me espantava e me lançava longe da carícia, todavia tão desejada. Tremia de pensar que poderia me tornar um segundo Romanes, desprezado, oh, e um terror maior ainda, realmente desprezível: um covarde.

Romanes tinha no máximo entre treze e quatorze anos. Há algum tempo, desde que começou a me rondar, ele era perseguido por Signoret, o mais velho e o mais forte de nós, também o mais brutal e o mais temido.

Nossos colegas os espreitavam, esperançosos: "Vai acabar mal pro Romanes. Um dia desses ele vai acabar levando uma sova daquelas do Signoret..."

Chegou o dia.

Nem bem começou o recreio, Romanes veio até mim. Papeamos por alguns instantes. Signoret passou de repente entre nós dois e, afastando-me delicadamente, empurrou Romanes.

— Você sabe muito bem — disse — que a senhorita Françoise está de castigo...

— O quê?! — replicou Romanes. — Você falou com ela ainda hoje de manhã...

— E o que você tem a ver com isso? Ninguém manda em mim.

— Em mim também não.

Um grupo com cada vez mais gente começou a nos cercar. Era surpreendente que Romanes ousasse resistir. A maioria dos internos, em seu lugar, teria partido docilmente para a outra ponta do pátio, dando-se por contente por não ter sido seguido. Nós nos regozijávamos com a próxima rixa e com os sopapos que o ser desprezado receberia.

Eu experimentava um sentimento muito misto. Quando necessário, trocava socos. Embora muito fraco, e embora sempre apanhasse, aplicava meu orgulho em atacar e, quando o vencedor me deixava, voltava a atacá-lo. Raramente batiam em mim porque, quando uma briga começava, era preciso continuá-la durante todo o recreio. Havia mais um motivo. Eu me defendia e atacava por todos os meios, sem aceitar as convenções tácitas, a espécie de direito das pessoas que os fortes estabelecem para paralisar completamente os fracos. Nos combates entre crianças, os punhos e os pés são as únicas armas permitidas. Já eu fazia uso de unhas e dentes. Levava o maior número de golpes, os mais violentos; meu agressor quase sempre tinha o rosto e as mãos ensanguentados. Havia uma exceção. Se meu inimigo

fosse belo, eu não ousava estragar seu semblante e levava os golpes com uma alegre paralisia, como se fossem carícias. E, quando me permitisse, voltava a provocá-lo sem agredi-lo: eu precisava renovar meu êxtase ferido. Meus procedimentos ordinários de defesa faziam com que dissessem que eu era "traiçoeiro" e "mau como uma mulher"; e eles também, ao que parece, justificavam o apelido de "mulherzinha".

Mas eu geralmente fugia de assistir às batalhas. Abalavam-me demais. Sofria enquanto durassem. Depois ficava emocionado de maneira muito estranha. Sentia-me atraído ao mesmo tempo, e com força igual, pelo vencedor e pelo vencido. Gostaria de consolar um deles com minhas carícias, sentir que minha beleza e meu afeto o faziam esquecer a hora da humilhação; alguns beijos um pouco rudes do outro não me teriam desagradado em nada. Mas eu acharia vil misturar-me aos cortesãos do vencedor.

Por outro lado, quando apanhava, meu orgulho indomado não teria suportado bem os consolos, e julgava os outros conforme eu pensava. Também meu duplo desejo permanecia platônico, ficava uma dolorosa dilaceração interior, como uma vertigem sobre uma crista pontuda entre dois abismos.

Hoje eu não podia deixar de assistir ao combate. E meus sentimentos formavam um novelo bastante emaranhado. Temo que experimentasse alguma alegria vaidosa, porque lutavam entre eles por mim. Com prazer, eu teria contemplado em meu espelhinho quão bonito eu era. Repetia-me com um orgulho bizarro: "Mulherzinha! Ah, mulherzinha..."

Também sentia terror. Romanes não aguentaria por muito tempo o vigoroso Signoret. Depois da vitória, este não me raptaria como uma presa, não exigiria, na posição de dominador, os favores que devemos pedir gentilmente? Talvez eu fosse conhecer, enfim, à força e misturadas a alguma humilhação amarga, as carícias que depois de tanto tempo me chamavam e fugiam de mim.

No círculo que rodeava os adversários, Davignon me segurava. Tinha gritado a Signoret:

— Pode bater. Eu seguro a mulherzinha pra você.

— Isso, segure. Queria dar umas palavrinhas com ela.

Que palavrinhas seriam essas? Golpes, talvez; muito provavelmente exigências amorosas.

Orgulhava-me ver Romanes, normalmente tão covarde, mostrando a coragem que hoje me dizia respeito. Gritou-me:

— Não tenha medo, Taulane. Sempre te defenderei, contra todo mundo.

Essas palavras surpreenderam o público, que chegou até a gargalhar.

Executavam-se as cerimônias que precedem a maioria dos pugilos na Provence. Por falta de uma palhinha, no ombro de Signoret esperava uma tirinha de madeira morta e sobre o ombro de Romanes, outra. E o coro gritava:

— Quem vai tirar a palha?... Eia, Signoret, tira a palha dele!

Romanes, pálido, não se mexia. Signoret, pondo-se em guarda, avançou, estendeu a mão esquerda em direção ao ombro de seu inimigo, fez cair "a palha". Depois esperou, astuto, pronto para bloquear o golpe que, segundo os ritos, lhe devia ser desferido, pronto para revidar. Mas Romanes não respeitava muito os ritos e a injúria convencional não o levou de maneira alguma à vingança necessária.

Então vieram as vaias:

— Ele tá com medo!... Buu, covarde!... O Romanes não é de nada, o Romanes não é de nada!

Romanes permaneceu imóvel, não esboçou nem sequer um risinho sarcástico ou altivo de desafio. Permaneceu indiferente, como se não tivesse de vingar sua honra desde que lhe "tiraram a palha". Quanto a mim, senti a honra que ele não sentia. Aquela dor viva e profunda me deu forças repentinas. Com um ímpeto brus-

co, desvencilhei-me de Davignon e me lancei, franzina criança de nove anos, diante do grandalhão Signoret:

— Isso não vai ficar assim! — declarei. — Você também me acotovelou, sua besta, e agora você vai ver.

De várias partes, gritavam a Signoret:

— Toma cuidado! Ele é traiçoeiro!

O grandalhão Signoret me desdenhava. Fiquei na ponta dos pés e minha mão, trêmula mas decidida, relou em seu ombro, fez cair "a palha".

O ofendido titubeou. Não podia, no entanto, deixar passar uma afronta daquelas. Por fim, ergueu o punho. Mas Romanes estava entre nós:

— Não — disse —, você não vai encostar nele. Não acabei de falar que vou defender Taulane?

— Pelo amor de Deus, sai pra lá, você! Você não se mexeu quando eu tirei a palha. Você é um covarde, é café com leite.

Romanes não pareceu entender. Decididamente, não seguia os códigos de honra de seu meio. Para ele, não fazia diferença se o raminho de madeira, chamado de "palha", estivesse em seu ombro ou no chão.

Afastou-me delicadamente:

— Vá, François — disse —, isso é assunto meu. Eu me encarrego dessa besta.

E, inclinando-se sobre mim, beijou-me bem na boca.

Começou, ao nosso redor, uma algazarra de vaias, de gritos animalescos, de brincadeiras grosseiras.

Sob o beijo e sob a saraivada de injúrias, corei. Naquele momento, gostaria de ter batido em Signoret, e de ter batido em Romanes, e de ter batido em todos aqueles que troçavam de mim. Minha dilaceração entre tantos desejos irrealizáveis fez subir até meus olhos as mais terríveis de todas as lágrimas, as lágrimas de impotência.

Romanes já se voltara em direção a Signoret e trocavam golpes. Senti alívio ao ver aquilo. E quis me precipitar para socorrer Romanes. Davignon me pegou, me imobilizou. Sofri o aterrorizante suplício

de ver o combate em que meu amigo sucumbiria e de não poder fazer nada por ele, nem mesmo de poder ser espancado junto a ele.

Davignon, aproveitando que a atenção tinha se voltado inteiramente à batalha, sussurrou para mim:

— Venha comigo até o fundo do pátio. Ninguém vai nos ver.

Fez um movimento para me arrastar. Resisti sem responder. Ele não insistiu. O espetáculo se tornava interessante demais, surpreendente demais. Signoret, famoso por sua força, estava no chão. Romanes tinha um joelho em cima do peito de nosso inimigo e seus punhos violentos se abatiam sobre um rosto já coberto de sangue.

O bedel chegou. Dispersamo-nos. Afastei-me com Romanes, com quem Davignon não ousou me disputar. Signoret se lavava na fonte. Em grupinhos, os outros falavam. Estavam ao mesmo tempo desolados com a vitória do ser desprezado e felizes com a derrota daquele que era um tirano brutal para todos nós.

‡

XVI

Por delicadeza ou timidez, Romanes foi por alguns dias um irmão mais velho, atento, protetor e casto. Talvez minha postura fosse pouco encorajadora.

Na quinta-feira, durante o passeio, ficamos sozinhos atrás e, não sei como, invisíveis para todos, contra um morro sobressalente, à beira de uma espécie de escavação.

— Que tal se a gente se sentasse aqui? — perguntou meu amigo.

— Para mim tanto faz.

O vão era estreito. Romanes se sentou colado a mim e passou um braço em volta de minha cintura. Fiz um leve movimento de recuo, impedido pelo rochedo.

— Você sabe, François — disse Romanes, e sua voz tremia —, você sabe, eu te amo mais do que tudo no mundo e te amo de...

Ele se conteve, depois voltou a se apoiar no mesmo obstáculo.

— Eu te amo de... de... de... Eu te amo...

Por fim, as palavras se precipitaram em um galope frémente.

— Eu te amo de todas as maneiras!

Fingi não compreender. Respondi:

— Também gosto de você, você é tão gentil.

— Oh! Mesmo se você fizesse o diabo a quatro comigo, eu te amaria mesmo assim.

Então me senti feliz. Fui me encostando no namorado mais velho e, já não sabendo mais que era feio, que era sujo, beijei-o primeiro.

Suas duas mãos me agarraram, seus dois braços me apertaram a ponto de me sufocar.

— Não tão forte — suspirei —, assim me machuca.

O abraço se afrouxou e Romanes disse:

— Desculpa, desculpa; é que estou tão contente...

Depois de um silêncio, perguntou:

— Fala pra mim, François, você quer que sejamos namorados de todas as maneiras?

Aquelas palavras, "de todas as maneiras", que ele acabara de tartamudear, tremendo, desta vez ele soltou claramente, ressaltando-as. E o sorriso de seus lábios feios foi belo; e seus olhos, que ordinariamente eram água lodosa, se tornaram, através do olhar de felicidade, um lago brilhante, diamantado de sol.

— Não sei — murmurei.

O tom era carinhoso, de um afago um pouco malicioso. Retomei, acrescentando palavras que sustentavam o afago e corrigiam a malícia:

— Não sei, mas gosto muito de você.

— Então — implorou —, vamos amar um ao outro, completamente.

Ele repetiu várias vezes: "Vamos nos amar, completamente... completamente..." E tive a impressão de ver outras palavras se agitarem, prisioneiras difíceis de

serem contidas, sobre seus lábios trêmulos.

Sua mão acariciava meu rosto, depois descia, comovida e comovente, ao longo de meu corpo.

Contive-o debilmente:

— Não — murmurei. — Não, por favor...

Mas minha resistência já se entorpecia e, oh!, como eu esperava minha derrota naquele momento.

— Malvado! — ele cochichava, todo ofegante. — Malvado e bobo! É tão bom, principalmente quando a gente se gosta.

A palavra "principalmente" me despertou, me conturbou como o contato com algum bicho gosmento:

— O que você está falando? — gritei. — Como! Mesmo sem amar...

— É sempre bom — afirmou num bico de gozo.

— O que você está falando?... Com um outro?... Se você estivesse com um outro, você diria a ele as palavras que está dizendo para mim e você quereria dele o que quer de mim!...

Minha voz era rude, dolorosa, profunda. Sem sabê-lo, Romanes acabava de me ferir no coração. Talvez o ciúme, mais forte do que a emoção alegre, dissiparia a paralisia de esperança. Revoltei-me. Não, eu não queria pertencer àquele que só sentia por mim um desejo banal.

— Como você é bobo! — Romanes me repreendeu delicadamente. — É só você que eu amo. Escute apenas, seja razoável, entenda as coisas. Comer uma boa refeição, sozinho ou com quem quer que seja, já é gostoso. Pois bem, isso é melhor do que todas as refeições gostosas, e você é aquele que eu amo, e nunca fui nem serei tão feliz.

Mas eu soluçava:

— Não, você é um mentiroso; não, você não me ama.

Ele me consolava:

— Por que está dizendo isso, meu amor? Você sabe que não é verdade. Você sabe que eu te amo.

Eu balançava a cabeça:

— Oh! Pode ter certeza, quando amamos alguém, nada é gostoso sem aquele que amamos.

— Então, você — disse e me olhou fixamente —, você não faria isso com outro?

Pensei em todos os que eu preferiria a Romanes. Vi as belezas de Pérol e Marchal. Senti o corpo deliciosamente flexível de Biradiou tremendo contra o meu. Um sorriso do lindo Carminé iluminou minha alma. Respondi e as palavras vagas, como que difusas, só eram sinceras pela metade, em nada entregavam que dois ou três desejos específicos me faziam arrepiar:

— Eu queria, oh!, eu queria tanto — e, no entanto, Deus sabe o quanto tenho medo —, eu queria com alguém que só amasse a mim.

Meu exclusivismo tinha despertado algo novo em Romanes. Ele também, agora, conhecia o ciúme. Inquietava-se:

— Você não disse: "com você". Você disse: "com alguém". Qualquer um, então, não é, mulherzinha? Até com o Signoret, quem sabe?...

A voz se tornou ríspida, quase ameaçadora. Assustado, esgueirei-me para fora do vão, levantei-me e disse:

— Signoret me amava mais do que você. E ele não é de todo mundo.

Romanes, já surpreso com seu escarcéu de há pouco, voltava a seu estado natural. Deu de ombros, indulgente:

— Você é louco — concluiu —, e por um instante quase me deixou tão louco como você.

Perguntou, com pressa de acabar:

— Você quer ou não? Vamos ver, responda: é sim? É não?

Revi toda a sua feiura. Agora o sorriso estava tão abjeto quanto os lábios, e nos olhos de água lodosa o olhar escorregava num rastejar de réptil a emergir da lama. Declarei com todas as letras:

— É não.

— Azar o seu... — ele disse. — Não estou a fim de perder meu passeio inteiro. Nem todo dia é quinta-feira.

Vou me divertir com alguém menos idiota do que você.

Afastou-se, voltando-se duas ou três vezes na esperança de que eu o chamasse novamente. Lá fiquei, esmagado pelo nojo e pela decepção, debaixo de uma pesada necessidade de chorar, numa impotência de verter lágrimas.

‡

XVII

Romanes se afastara havia dez minutos e eu meditava, cabisbaixo. Ele não tinha razão? Regozijava-me com os beijos do tio Bertrand sem me preocupar com as carícias que ele dava à minha tia e às minhas primas... Apesar de todo o raciocínio, sentia entre os dois casos uma diferença indeterminada, porém grave. A partilha me parecia repulsiva, a partir do momento que se tratava da carícia íntima, da carícia trocada às escondidas de todos.

Minhas reflexões obscuras foram interrompidas e, como num sobressalto ao despertar, tive a sensação de uma presença súbita. Levantei os olhos. O rapaz mais velho, Davignon, estava diante de mim.

— Bom dia, Taulane — disse. — O que faz aí sozinho?

Balbuciei que não fazia nada. E olhei para Davignon com certa emoção. Ele tinha traços definidos, enérgicos, quase ofensivos. Era homem-feito. O bigode já cobria seu lábio e até a barba emoldurava um quadro demasiado nítido. Os pelos eram de um negror intenso junto à palidez excessiva da pele. Emocionava-me como um ser fortíssimo e me comovia como um ser fraquíssimo. Seus braços podiam me segurar facilmente, me assassinar, me sufocar, talvez. Mas num daqueles dias, ao menos assim me pareceu, seu corpo debilitado por alegrias frequentes em excesso, por contínuas descargas nervosas, cairia para nunca mais se reerguer. Um desejo trêmulo me atraía a ele. Naquele instante turvo, eu teria igualmente gostado de golpes ou carícias daquela potência grande e de curta duração. Teria ficado

contente em dar, qualquer que fosse sua natureza, uma emoção àquele forte; feliz também em levar, como flores ao lado da cama de um doente, algumas alegrias àquele ser tão extraordinariamente empalidecido.

— Saia de sua toca — ele me disse.

Sua voz atacava a frase como em um assalto, mas já se quebrava na segunda palavra.

Depois o rapagão pálido escarrou e eu vi sobre a terra uma mancha rosa, que logo ficou vermelha, depois preta.

Obedeci o desejo do doente.

— Venha — pediu mais uma vez. — Vamos nos sentar do outro lado, ao sol. Ninguém vai nos ver mesmo. Estamos muito longe de todos.

Ele segurou minha mão. Olhei para a sua mão. Era pálida, bela, longa, agitada por um incessante tremor. Inclinei-me e beijei-a. Olhou para mim surpreso e abriu a boca, mas não falou. Nem eu entendi por que tinha posto meus lábios sobre aquela mão ardente, trêmula e bela. Mas quando ela me tocara, tive duas visões simultâneas: a visão do rapaz mais velho deitado sobre uma cama, não muito mais pálido do que hoje, mas imóvel sob a luz dos círios; a visão de um pássaro todo tremelicante que eu segurava, prestes a voar para longe.

Chegamos ao sol. O calor era massacrante, "sem um fiozinho de vento". Mas ali, ao longe, víamos o mar que dançava na luz.

Davignon se sentou com dificuldade. Sentei-me ao seu lado. Contemplei diante de mim o grande espaço todo fremente sob o beijo brutal do sol. Meu olhar logo foi atraído por um cantinho onde árvores de um verde enegrecido faziam, com longas lajes brancas, ofuscantes, um estranho contraste. Devaneei: "Ciprestes negros como a morte, de pé e orgulhosos como a vida. Pedras deitadas como mortas, mas vivas de luz." Em seguida, tive a impressão de ver todas aquelas pedras escorregarem em ranhuras, descobrir buracos longos e profundos. Um cipreste caía em cada buraco, duro, sem tremor algum. Porém, cada

árvore se metamorfoseava durante a queda, tomava um rosto de homem, imóvel e pálido, o rosto de Davignon.

Ah! Como eu amava, naquele momento, o pobre colega que me suscitava tais visões, e como eu tremia diante dele...

Quanto a ele, parecia-me enobrecido pela aproximação da morte, capacitado para um amor exclusivo, amava unicamente a mim.

— Você não é o querido de ninguém? — interrogou.

Corei como uma virgem à qual se pergunta bruscamente: "Você tem um amante?" E protestei:

— Claro que não.

Ele sorriu, incrédulo:

— Acabei de ver o Romanes voltando daqui.

— Você entende que, se eu quisesse, ele teria ficado.

Insistiu:

— Você não prefere nenhum dos mais velhos a mim?... Vejamos... Signoret é mais forte... O Carminé mais velho é muito bonito... E Biradiou? Achei que você estivesse olhando para ele ontem com olhos que diziam algo. É um imbecil, não percebeu nada. Mas se você tivesse olhado assim para mim, já sabe, hein?!, o que teria acontecido no mesmo dia.

Murmurei:

— Por que você é tão malvado? Você sabe que nunca fiz nada com ninguém.

Lançou olhares duros sobre mim. E disse:

— Pode ser, mas você está com vontade de ser do Biradiou e do Carminé. Agora, comigo, se eu quiser, você obedecerá por medo, porque estamos longe de todo mundo e você não pode se defender. Mas você não vai gostar disso.

Tive vontade de chorar. Pois, que desastrado!, ele tinha evocado diante de mim o corpo flexível de Biradiou e também, e sobretudo, o perfil florentino de Carminé. Com um grande grito interior, chamei: "Carminé! Oh, Carminé!"

Uma pergunta rude cutucou meu silêncio:

— Não responde por quê?

Ripostei, orgulhoso:

— Porque não estou com vontade de responder.

— E se eu quiser que você responda...

Ele agarrou meu braço, segurou-o num aperto mortífero, e exigiu:

— Você vai responder? Vai responder ou não?

Repliquei raivosamente:

— Sim, imbecil. Ainda há pouco eu gostava de você. Agora que me insultou, você me machucou. Eu seria covarde demais se ainda gostasse.

Ele soltou meu braço:

— Você me amava, agora há pouco?

Seu sorriso envolvente foi uma chama de beleza sobre um fogo prestes a se apagar. Senti uma emoção terna, de desejo e piedade, me invadir novamente. Estive a ponto de apertar aquele ser frágil e murmurar: "Eu ainda te amo."

Mas um vento leve se elevou, trazendo para dentro do áspero mormaço o odor de cravos selvagens. O perfume evocava um caule esbelto e uma pequena estrela rosa. No domingo passado, eu tinha visto Carminé colher uma dessas flores e colocá-la na lapela; de repente, passou a ser o Carminé que eu amava. No entanto, amei também Davignon e seu sorriso, e sua força que estavam lá, e sua morte, embelezamento e mistério que não estavam longe. Mas quando dois amores lutam em um coração, o tornam maligno. Meu amor incerto se mesclou de coquetismo, mesclou-se de avidez por fazê-lo sofrer. Não foi ele quem tinha acabado de me machucar agora mesmo?

E eu disse:

— Agora o odeio.

Ah! Como meus olhos deviam estar negando minhas palavras! E como a entonação devia estar protestando contra o sentido aparente!

Davignon não me olhou nos olhos e acreditou no sentido das palavras. Um furor se insurgiu:

— Ah! Mulherzinha...

Esbofeteou-me.

Lancei-me sobre ele, com os dedos torcidos para unhar. Mas sua bela palidez me emocionou. Meu movimento hostil se conteve e eu disse bem alto meu pensamento:

— Não posso mais me vingar de você, pois vai morrer.

Um terror passou nos olhos do jovem. Depois, uma lágrima os inchou. Logo escorreu sobre a bochecha opaca e desceu para, então, se perder no negror do bigode. Enquanto isso, meus braços apertavam Davignon e minha boca cobria seu rosto de beijos. Comecei a chorar também, implorando:

— Perdão! Perdão!

Ele se levantou:

— Vamos embora daqui — disse. — Está na hora. Temos de nos juntar aos outros.

Pegou minha mão, arrastou-me. Não pronunciou mais nenhuma palavra. Porém, o aperto desigual e trêmulo de sua mão era eloquente, ora como o amor, ora como o ódio, às vezes como uma agonia.

‡

XVIII

Nos dias que se seguiram, Davignon me evitou. E eu fiquei sem poder me satisfazer com a visão de seu rosto. Ele estava sempre pálido, como no momento em que a carícia se torna quase intolerável, como no momento em que parece que a vida, exasperada, nos vai matar. Desde que alguma intuição desconhecida de criança me fizera dizer a ele: "Você vai morrer", a palidez com a qual os livros adornam o lábio dos mortos e a palidez que eu vira tão frequentemente enobrecer os rostos na hora da alegria se associavam de maneira bizarra em minha mente. Eu imaginava: "A morte deve ser uma grande carícia que não acaba. Ela nos empalidece e nos separa do resto do mundo. Você não enxerga mais nada, você não sente mais nada de estranho nessa carícia eterna que cobre e envolve todo o nosso ser. Fora dessa felicidade, nada mais existe." Essa ideia estranha casava com palavras de

sermões ouvidos: "O senhor diretor não quer contar a verdade verdadeira para nós. O paraíso é o anjo da guarda que, de repente, se torna visível a vocês e os toca, e os toca todinhos. É quando se sente a verdadeira carícia... As carícias da terra tocam apenas uma parte do corpo, mas nos acostumam pouco a pouco. O senhor diretor tem razão em dizer que a vida é uma preparação à morte."

Eu imaginava, ainda, cada vez mais místico e louco: "Davignon está preparado. Deu e recebeu tantas pequenas carícias que seu anjo o quer por inteiro. Acredito até que ele deva sentir, já em seu rosto — e por isso é tão pálido —, as carícias de seu anjo."

O rapaz mais velho estava sentado, pensativo, num canto solitário do pátio. Fui até ele:

— Davignon — disse —, eu te amo. Davignon, você é o único que amo.

Seu sobressalto me fez acreditar que ele se levantaria e fugiria. Mas sentimentos diversos lutavam dentro dele. Não se levantou.

— Sente-se aqui perto de mim — disse.

Obedeci e continuei:

— Davignon, eu te amo. Eu te amo tanto... Eu te amo tanto quanto aquele que o abraça nos seus sonhos.

Eu segurava entre minhas mãozinhas uma de suas mãos pálidas e nervosas. Ele a tirou bruscamente e, olhando-me nos olhos:

— Quem falou para você que alguém me beija à noite? Agora você é vidente?

Afastou-se de mim como se estivesse diante de um perigo que acabava de aparecer.

Não ousei desvelar meu pensamento, já que a palavra "morte" o fizera chorar no outro dia. Expressei um afago:

— Quando amamos alguém, adivinhamos muitas coisas.

Eu me aninhei nele. Abraçou-me numa alegria só e perguntou, para ouvir mais uma vez as palavras felizes:

— É verdade mesmo? Você me ama, só ama a mim?

— Sim, é verdade.

— Desde quando?

Fui sincero:

— Desde quinta-feira. Antes eu não tinha olhado bem para você. Você me metia medo. Você, que é mais velho, deve saber. Fale para mim, talvez, quando se deve amar alguém, mas, assim, amar completamente, amar somente a ele, fale para mim, será que começamos a ter medo?

— Não sei, meu pequeno Taulane. Amei todos os mais jovens. Mas só um pouco. Para mim, tanto fazia um ou outro. E depois, veja, desde que chegou aqui, penso sempre em você quando estou com os outros. Você me estraga todos os prazeres. Muitas vezes, tive raiva. Mas, outras vezes, tive vontade de chorar ao olhar para você. E sabe de uma coisa? É você quem me beija à noite. Só que nos meus sonhos, você tem asas. E voa, malvado, antes que eu obtenha o bastante de suas carícias. E eu te chamo, eu te chamo. Mas você demora a voltar.

Refleti em voz alta:

— Tenho asas? É porque sou um anjo. Você quer que eu diga? Justamente, porque devemos nos amar, nosso bom Deus deu um só anjo da guarda para nós dois. Quando você o vê, ele tem meu semblante. Quando eu o vir, ele será belo como você.

Ele zombou:

— Você é bobo, Taulane. Não existem anjos da guarda nem existe Deus no céu. Até parece. Quando morremos, tudo acaba.

Ele balançava a cabeça e a troça terminou neste soluço:

— E eu vou morrer logo.

Um acesso de tosse fez sacudir seu corpo imediatamente cercado por meus braços. E eu chorei:

— Ah! Meu pobre querido! Meu pobre querido!

Ele pegou seu lenço, cuspiu nele. O lenço se redobrou por cima de uma grande mancha vermelha. Depois, o rapagão, com uma voz árida e ávida:

— Sim, eu sei, tenho certeza, vou morrer logo. Mas antes, quero felicidade, felicidade, felicidade...

Sob meus beijos e sob minhas lágrimas, finalmente vibrou:

— Ah! — suspirou. — Estou contente, contente, mas tão contente por você me amar!

E, com um pouco de inquietude:

— Prometa que você só vai amar a mim enquanto eu viver.

— Eu juro, meu querido.

Beijamo-nos. Depois se levantou, ficou à espreita observando se alguém poderia nos ver. Sentado, tomou de novo minha mão, acariciou-a com as suas, demoradamente.

— Esta mãozinha linda... Ela é minha, só minha?

— Sua, só sua.

Eu me desfalecia todo por causa da esperança e da anunciação das alegrias.

Mas ele disse:

— Por que você beijou minha mão na quinta-feira? Você queria minha mão como eu queria a sua?

— Quero tudo o que você quiser — suspirei, os lábios entreabertos por um sorriso de alegria mais do que pelas palavras expiradas.

A mão febril — mas naquele instante seu tremor ardente foi para mim um raio bruxuleante de paraíso — acariciou minha bochecha. E a voz forte e quebrada — mas sua força parecia dizer esperança, e foi sobre um peso de alegria que ela pareceu se quebrar:

— Explique para mim em que você pensava quando beijou minha mão.

Revi as duas imagens que comoveram a solenidade iniciadora daquele momento: Davignon deitado imóvel sob a luz dos círios, estrebuchando de amor; um pássaro que palpita entre meus dedos e que vai voar para longe.

Calei a primeira visão, pois a ideia de morte fazia meu amado chorar. Mas falei a segunda.

Davignon teve uma reação muito feia:

— Ah! — zombou. — Um pássaro...

Seu riso emitia um tinido sordidamente macabro. Não permiti que continuasse. Todo vermelho de vergonha, tirei minha mão com a pressa de alguém que se retrata diante de uma feiura repentinamente descoberta. E, com lágrimas nos olhos, a cabeça balançava demonstrando decepção:

— Davignon — disse —, você é um grosseirão. A carícia é algo nobre: aqueles que riem dela são canalhas. Davignon, você nunca terá noção do desgosto que acaba de me dar.

Beijou-me docemente:

— Desculpe, mulherzinha. Não quis ofender você. Não era uma piada.

Essas últimas palavras me fizeram recuar, como um cutucão físico. Então, ele compreendeu coisas novas:

— Você tem razão — disse —, fui um canalha. Mas já passou, de verdade. Agora sou alguém que ama.

Infelizmente, o sino badalou.

Corremos em direção às fileiras, minha mãozinha agarrada nos dedos de Davignon.

— Amanhã, durante o passeio — disse-me, entrando na sala de aula.

— Sim, amanhã. Eu te amo.

E aquelas palavras de promessa eram, sobre meus lábios, todo o meu coração a palpitar.

Mal dormi naquela noite.

No dia seguinte, Davignon não apareceu.

‡

XIX

Na noite daquela quinta-feira deserta em que eu não tinha visto meu amigo, durante a leitura espiritual que o próprio senhor diretor fazia, eu quase não o escutava. Sonhava um sonho triste. “Os extremos — dizia a mim mesmo —, de vez em quando fazem falta durante o passeio. Desde que falei com ele sobre a morte, Davignon

guarda rancor de mim. E sei que prometemos tudo às pessoas que amamos e detestamos, quando estão aqui, e parece que seríamos felizes por elas estarem sempre aqui. Mas quando estão longe, às vezes nos metem medo e não vamos até elas." Pois, sempre meditando sobre a carícia, eu tinha intuições precoces sobre a paixão. Aliás, todos os fracos, todos aqueles para quem a felicidade dependerá de outrem, são adivinhos de almas.

Vi, como por trás de um véu de histórias — pois entre mim e ele vibrava a transparência de espetáculos imaginários —, o senhor diretor fechar seu livro e se levantar. Mas o senhor diretor não se levantou exatamente. Oh!, a estranha precisão que depois capta o detalhe quase despercebido que precede uma emoção forte! Inclinado sobre nós, como quem faz uma confidência amiga e triste:

— Minhas crianças — disse o senhor diretor —, oremos pela saúde de seu colega Davignon. Rezemos um Pai-Nosso e uma Ave-Maria para que Deus tenha misericórdia de um filho único e de pais aos prantos.

Rezei com fervor o Pai-Nosso e a Ave-Maria. E fiz um acordo com Deus: "Senhor, não sei ao certo se proíbe as coisas que nos faz desejar. Mas tenho medo. Pode ser que o Senhor queira matar Davignon para que ele não seja meu amigo da maneira que o senhor diretor alega ser um pecado. Pois bem! Então, oh!, meu Deus, que dizem ser bondoso, façamos um trato. Prometo não fazer nada de proibido com ele se o Senhor o curar."

Ingenuamente, fiz valer o preço de minha promessa: "O Senhor sabe, meu Deus, que amo Davignon e que, quando o vejo, eu não desejaria os beijos de nenhum outro. Então, Senhor, devolvê-lo é a melhor maneira de preservar minha pureza. E agora que tenho medo de não o ver nunca mais, já ficarei tão feliz em vê-lo... Meus olhos, só de olharem para seu rosto e suas mãos, estarão em júbilo. Será como uma carícia — essa, permitida, não é mesmo, meu Deus? — com a qual me contentarei."

Aquela prece pareceria inverossímil se fosse lida por um francês do Norte. Mas qualquer italiana, qualquer espanhola e mais de uma francesa do Sul a sentiriam como verdadeira. Para os seres passionais, a religião toma os matizes da paixão.

Repeti várias vezes, na capela, na sala de aula, na sala de estudos, no recreio, "a promessa" que, ao que me parecia, deveria curar Davignon. Até escrevi ao meu amado um bilhete, entregue por um externo, um bilhete discreto que seus pais poderiam ler sem inconveniente algum: "Meu querido amigo, não tenha medo. Juro que você será curado. Rezo tanto para obter essa graça e prometi a Deus misericordioso algo em troca."

De novo, eu passava os recreios atrás da romãzeira, cujas folhas agora tinham caído, e que dava frutos pequeninos como bolinhas verdes. E dizia: "Meu amor por Davignon parece esses frutos; ele crescerá, mas, Senhor, não tema mais nada de ruim. A flor da carícia demasiado humana caiu com a sacudidela do perigo." Não, eu não queria dizer, em absoluto, aquilo que traduz e condensa em pensamento sintético e de maneira demasiado sutil uma mescla, difusa e sonhadora, de sensações e sentimentos. Mas, expressá-los em palavras precisas, é isso mesmo que queriam dizer minhas longas e vagas meditações em frente às romãs, pequenas como bolinhas verdes, e a visão sorridente de Davignon curado; o que queriam dizer meus retornos simultâneos às lembranças da flor desaparecida e em direção ao abalo da carícia criminosa que eu quase dera ao amigo, e que não lhe daria.

Eu esperava com uma esperança certa. Pois rezava para o Pai em nome do Filho. (Tudo o que você pedir em meu nome, a meu pai, lhe será concedido.) Implorava pelo intermédio de Maria, a quem Deus, assim costumavam me repetir, nada pode recusar. E minhas preces eram tão doces, tão ternas, tão profundas: eu as sentia em toda a sua potência. "Sim, meu Deus, eu O amo. O Senhor é soberanamente bom e soberanamente amável. Não sente

as palavras que Lhe digo subirem até o Senhor como carícias? Não tenho outras carícias a Lhe oferecer, já que sou jovem demais para comungar. Mas eis as únicas carícias que desejo: ver Davignon e comungar. Pois eu O amo, ó meu Deus, acima de todas as coisas, e amo Davignon pelo amor do Senhor que o fez à Sua imagem e semelhança."

Atrás da vegetação, na solidão de meu pequeno recanto, eu me enternecia até as lágrimas, desvairado de amor humano e de amor místico.

‡

XX

— Crianças, os desígnios de Deus são profundos. Rezem pela alma de seu colega Davignon. Amanhã, dedicarei o santo sacrifício da missa à sua intenção. Desde já, rezemos dez terços por ele. Mas antes, consagremos a ele as palavras do santo homem Jó: "O Senhor deu, o Senhor tomou. Abençoado seja o nome do Senhor."

Ao passo que todos repetiam: "O Senhor deu, o Senhor tomou. Abençoado seja o nome do Senhor", meus lábios tremiam sem se abrirem a palavra nenhuma, meus olhos me queimavam como dois desesperados e minha alma gritava uma longa blasfêmia interior:

— O Senhor fingiu me dar, o Senhor me tirou, maldito seja Seu nome!

Eu era bastante fraco para tamanho ódio. Eis que, sacudido pelos soluços, me deixei cair, pobre ser que nada mais sustenta. O senhor diretor estava perto de mim:

— Console-se, meu filho... Sim, eu sei, você é uma alma afetuosa...

Todos os olhares envolviam nosso grupo, e vagos sussurros. Somente a presença do senhor diretor me protegia contra as troças, talvez até contra injúrias mais nítidas e mais diretas. Meus soluços redobravam.

— Venha comigo — disse o abade Saurien.

Tomou-me pela mão, conduziu-me a seu gabinete. Lá começou:

— Sem dúvida, meu filho, ele foi um bom colega...

Eu o interrompi, lamentando:

— Eu fiz tanto mal a ele, senhor diretor... Eu tinha descoberto que ele estava perdido. Um dia, disse: "Você vai morrer." Ele chorou muito, e agora já não posso pedir perdão a ele.

— Ele está no céu, meu amigo. No céu não se tem mais rancor. Não contente em perdoá-lo, ele também reza por você. Suas lágrimas simplesmente o entristeceriam, se a estadia dos beatos pudesse se abrir para alguma tristeza. É em nome dele que peço a você para não chorar mais.

Enxuguei meus olhos e disse, entre soluços que tentava reter em vão:

— Não chorarei mais, senhor diretor, só lhe peço uma coisa. Queria vê-lo... enquanto ainda se pode vê-lo.

O abade Saurien hesitou em me conceder essa emoção "bastante perigosa para uma criança tão frágil e tão sensível". Mas prometi ser tão razoável se cedesse ao meu desejo, e me declarei tão incapaz de manter o mínimo bom senso se me recusasse... Minha voz estava tão doce, tão suplicante. Minha prece subia, gesto de afago ao qual Deus, lastimavelmente!, pôde resistir, mas que triunfou sobre o coração mais mole do senhor diretor.

Vi meu amigo pela última vez. E lhe fiz um grande juramento interior: "Olhe, se você puder conhecer o resto de minha vida, não terá ciúmes. Veja, eu vou achar o Biradiou e o Carminé feios. Mas venha de vez em quando, sim, me beijar em meus sonhos, como eu te beijava à noite."

Seu fantasma devia ser fiel a muitos encontros durante o sono. Mas, ai de mim!, meus juramentos se esvaeceram pouco a pouco. Se Davignon pôde enxergar com olhos humanos e paixões humanas o resto de minha vida, meu pobre amigo deve ter sentido ciúmes muitas vezes.

Quis abraçá-lo, pobre amigo defunto. Por cima de

seu rosto, na hora do beijo, deixei lágrimas escaparem, soluçando convulsivamente. Abade Saurien me puxou.

Assim que saímos, eu disse:

— O senhor viu, senhor diretor? Ele está ainda mais belo do que em vida.

O senhor diretor nada compreendera de minhas lágrimas.

— É porque ele está no céu, onde só se tem bons pensamentos e bons sentimentos. Principalmente, porque ele o perdoou, meu menino querido.

As palavras do abade Saurien, apesar de sua brandura calmante, me pareciam falsas de banalidade. Ah!, senhor diretor, minha alma protestava, os mistérios são profundos, de uma maneira muito diferente da qual o senhor, que expõe a carícia como um crime, acredita. Davignon não tem que me perdoar, pois me ama. Sua beleza feliz é causa de um beijo envolvente, e que não há de cessar, de um anjo parecido comigo.

‡

XXI

No recreio, fui rodeado por um bando de selvagens. Um segurava na mão do outro e a ciranda, alegre, girava com o refrão: "A mulherzinha é viúva! A mulherzinha é viúva!"

Gostaria de ter respondido com xingamentos: "Brutos, que riem porque um de vocês está morto! Covardes, enquanto ele estava aqui, temível apesar de sua doença, quase todos vocês eram condescendentes com ele." Muitas outras invectivas revolviam em mim. Mas as palavras se apertavam em grande quantidade em minha garganta e — como um bando que se apressa — obstruíam a passagem devido à sua quantidade e à sua própria pressa. Gritos desarticulados saíam sós, mais furiosos com sua impotência. Finalmente caí, espumando pela boca, contorcido por uma crise nervosa. Todos escaparam, apavorados com o espetáculo, apavorados com sua parte de responsabilidade.

A crise foi breve. Logo me arrastei até um plátano e apoiei minhas costas no tronco largo. E lágrimas me aliviaram.

"A mulherzinha é viúva!" Eu ainda ouvia as palavras que ninguém mais pronunciava. Mas agora nada tinham de hostil. Vinham de mim, como uma verdade reconhecida. Eu as acolhia, quase como amigas severas.

Sim, Davignon, meu querido, você morreu, a mulherzinha ficou viúva. E ela promete que será uma viúva fiel.

Eu chorava todas as noites em minha cama, repetindo a mim mesmo: "A mulherzinha é viúva!"

De dia, se meus olhares iam ao encontro de Biradiou ou do veterano Carminé, a beleza deles fazia quase despontar um sorriso em meus lábios. Mas a flor se fechava, entesada por um vento de inverno, e eu sacudia a cabeça lentamente, repetindo a mim mesmo: "A mulherzinha é viúva!"

Mais ou menos quinze dias depois da morte de Davignon, uma noite, no momento em que eu estava pegando no sono, um barulho me inquietou, um rastejar veio em minha direção, sim, em minha direção. Em seguida, alguém se debruçou. Um sopro quente percorreu meu rosto ansioso. Enfim, um sussurro disse:

— Taulane, você quer que eu me deite com você? Há muito tempo tenho vontade, mas não tinha coragem de dizer.

Era Biradiou, aquele Biradiou do corpo flexível e maravilhosamente delineado. Mesmo coberto pelas roupas, era uma alegria enorme para os olhos. Ah! Quão contente ficaria um corpo inteiramente tocado por aquelas formas deliciosas.

Eu ofegava de esperança e, durante a noite, um sorriso me desabrochava por completo. E meus braços iam se estender para atrair, para reter tanta felicidade. E meus lábios se abriam para dizer coisas alegres, agradecimentos, amor.

Mas uma luz vaga iluminou um canto da noite, definindo-se: era o rosto pálido e belo de Davignon. Ah!

Como os olhos me olhavam tristes; eles eram, pobres olhos, reprimendas de desespero. Minha mão teve uma lembrança, uma tremedeira fiel. Rechacei Biradiou e declarei, determinado:

— A mulherzinha é viúva.

— Então é verdade! — disse ele.

Deixando de insistir, afastou-se.

No dia seguinte, durante o recreio, ele me chamou de lado:

— Ouça, Taulane, você é um malvado. Era eu, e não Davignon, que estava olhando para você. Mas agora que você sabe que eu quero, quem não quer mais sou eu. É muito baixo ser assim, tão cheio de caprichos.

Repliquei, com toda a sinceridade:

— Era só você ter me dito antes que queria, daí eu também iria querer. Mas fui o querido de Davignon. Agora que ele está morto, seria muita covardia de minha parte esquecê-lo.

Biradiou viu que eu falava a verdade, pois chorei. Chorei por Davignon e por mim. Estava triste por ter sido privado de Davignon; estava triste por dever me privar de Biradiou. Versei lágrimas de viúva sentimental, que sofreria demais se fosse infiel e que sofre porque é fiel.

Biradiou refletiu por um instante, e depois:

— Você não pode pensar para sempre num morto. Falta só um mês para as férias. Prometa para mim que será meu querido na volta às aulas e eu não terei nenhum outro querido enquanto espero.

— Biradiou, deixe-me em paz. Já estou infeliz o bastante para que você venha me atormentar. Conheço uma viúva que está sempre vestida de preto e que nunca quis se casar de novo. Eu sou como ela. Nada adianta me pedir o que quer que seja.

Um instante depois, Biradiou estava conversando com o Carminé caçula. Que lindos eram seus sorrisos e quanto me machucaram! Será que eu amava Biradiou?

Será que eu estava com ciúmes? Relutei violentamente contra esses pensamentos. Mas quando o Carminé mais velho passou por ali, algo me levou a abordá-lo, a cutucá-lo com repreensões: "Você e seu irmão estavam, os dois, rondando outro dia. Covardes!" O que me fez ir, com o punho hostil, para cima daquele menino de treze anos? Dizia a mim mesmo que queria vingar a morte de Davignon. Mas por que eu evitava arranhar aquele rosto tocante? Hoje sei a que instinto obscuro obedeci. Tinha necessidade do contato, golpes ou carícias, com um ser de beleza. Lembro, com alegria física renovada, que me amarrei a ele, que o arrastei junto comigo em minha queda e, numa volúpia então incompreendida, senti sobre meu corpo o peso de seu corpo.

Muito frequentemente provoquei Carminé durante o último mês. Nele também despertou um instinto irmão do meu. Ele se contentava, sem me bater, sem me machucar nem um pouco, em me virar de bruços sobre o chão. Debaixo de seu corpo que tremia, ele ora imobilizava, ora sacudia de leve ou rolava meu corpo, contente. Um dia a carícia admitiu, os lábios de Carminé esmagaram os meus. Por um triz não rechacei o beijo.

Chorei muito naquele dia. A luz de felicidade me iluminava com demasiada brutalidade e me mostrava, sem margem de erro, que havia algo de infiel em mim. Prometi a mim mesmo não falar mais com Carminé. Mas, humilhante felicidade!, já no primeiro encontro fui mais fraco que meu desejo. Algumas palavras de Biradiou, que eu pronunciava, quase inconsciente, ganhavam vida em mim. Precipitei-me diretamente em direção a Carminé, sinuoso vagabundo que chegava para a provocação contumaz. Balbuciei:

— Escute, gosto muito de você. Mas faz tão pouco tempo que ele morreu... Eu sentiria vergonha demais... No ano que vem, se você quiser...

Carminé respondeu, todo sorridente:

— A alguém lindo como você, mulherzinha, só nos

resta obedecer... Mas você não será o querido de ninguém antes, promete?

— Prometo.

Acrescentei, sapeca:

— Você é bem mais bonito que eu, Carminé.

Ele tirou de seu bolso um espelhinho.

Olhamo-nos juntos, duplamente felizes, pois éramos, nós dois, muito lindos e nossos sorrisos noivavam um casal encantador.

PARTE

II

I

11 DE ABRIL DE 1899

CESSO AS MEMÓRIAS DE ALGUÉM QUE DESCE EM DIREÇÃO AO TÚMULO E DOU INÍCIO AO DIÁRIO DE ALGUÉM QUE VOLTA A SUBIR RUMO À VIDA. ESPERO CONTAR AQUI AS ETAPAS

de um calvário de alegria. Caso esteja enganado, abandonarei a tempo este caderno de esperança para voltar a preparar minha morte e registrar minhas vergonhas.

Mas não, não estou enganado. Quando a aurora brilha, é porque acabou a noite, e eis que em mim cresce o dia vitorioso.

Ah, que linda é aquela que será a salvação... Depois de tanto tempo, como não fui capaz de decifrar nada?... Mas, psiu! Só vou revê-la daqui a três dias. Não quero escrever seu nome hoje. É preciso guardar a felicidade para amanhã.

12 DE ABRIL

Quais estranhas escuridões podem envolver uma alma? Quão profundamente me ignorei! Pois eu sempre te amei, minha adorada.

E você aí, diga, de onde vinham suas maldades de outrora? O que foi que criou esse mal-entendido absurdo?

Como fui capaz de me fazer essas perguntas ingênuas, logo eu, que comecei tendo medo de Davignon e disse a ele, antes da confissão amorosa, palavras tão aterrorizantes? Eu, que tantas vezes briguei com Carminé? Eu, que tive, nas primeiras aparições de Jean Provençal, tremores que oscilavam entre o amor e o ódio?...

13 DE ABRIL, DUAS HORAS DA TARDE

Lisa, adorável Lisa, que palavras paradisíacas você pronunciou naquele inesquecível 11 de abril. Vou encontrar amanhã a alegria transbordante daquele dia único ou vou me confrontar com a Lisa de outrora? Onde está a aparência? Onde está a realidade? Pus-me a escrever para me tranquilizar. Mas eis que, completamente trêmulo, não ouso traçar suas palavras derradeiras: já tantas vezes seu aceno me precipitou em dores... Inclusive, tendo aprendido com o passado, eu

não deveria faltar ao encontro? Seus sorrisos sempre cobrem armadilhas. Ah! Lisa, a por demais indecifrável e adorável Lisa...

Na terça-feira, quando cheguei à casa de Louise, Louise tinha saído. Lisa estava lá esperando a irmã. Depois de um bom-dia banal, ficamos encarando um ao outro por muito tempo, em silêncio. Aqueles minutos tinham algo de perturbador, de espreita. E movimentos estranhos aconteciam dentro de mim, movimentos que eu jamais tivera. Ouvia mágoas desconhecidas murmurarem. Imaginava: "Se você não tivesse sido maligna, tão maligna, Lisa; se você não fosse daquelas criaturas monstruosas que sentem volúpias com o sofrimento do próximo; se você pudesse gozar alegrias diretas, ser feliz por meio da felicidade dada e pelo amor entregue, oh, Lisa, quanto eu a teria amado." Eu dizia a mim mesmo naquele momento que as brutalidades de tia Désirée e de Louise estiveram por muito pouco tempo em meu destino anormal. Aquela que estava lá, olhando para mim com olhos tão doces e tão enganadores, fizera tudo, ou quase tudo. Eu queria expulsar aqueles pensamentos. Conseguia fazer se calarem, ou melhor, não os ouvir mais. Mas sentia presenças inquietantes, vagos rumores de ameaças dentro de mim.

"É sempre um amor desprezado que leva à devassidão." Aquelas palavras cantavam num refrão obstinado em meu cérebro. Teria eu lido em algum lugar essa frase obcecante? Não a conseguia expulsar e, no entanto, eu a sentia, hostil: aquela fórmula geral, e com um ar de pensamento sem malícia, disfarçava um sentimento pessoal ao qual eu me recusava a dar ouvidos. Não queria me confessar: "Meu coração sempre pertenceu a Lisa, sempre sofreu por ela. Eu procurava um consolo nas carícias, um esquecimento, uma daquelas embriaguezes grosseiras nas quais o alarido encobre a voz da dor profunda. E não pude me dirigir a nenhuma outra mulher, pois para minha alma e para meus olhos jamais

houve outra mulher. A única beleza feminina capaz de me comover é o seu rosto, Lisa, e é a sua fisionomia; é seu grande porte, Lisa, e a maleabilidade de suas atitudes; é sua boca, Lisa, e seu sorriso; seus olhos, Lisa, e seu olhar. É todo esse conjunto único que faz de seu corpo e de seu rosto um ser real, ao passo que sua fisionomia e seu gesto são como condescendências. Você é a beleza altiva e soberana, mas uma vestimenta de graciosidade simples a encobre. Nenhuma mulher é bela perante seu nobre equilíbrio; e não existe nada mais sedutor para quem tenha visto seu sorriso e o mínimo movimento seu. Uma beleza que não pode ser adocicada nem velada pela música me machucaria como o rosto dominador de minha mãe. Sem o sólido suporte de sua precisa beleza, a graciosidade que se esfuma me pareceria frágil e pueril, sequer digna de um sorriso concedido de passagem."

De tudo isso, nada se formulava. Eu ainda conseguia impor silêncio a meu coração. Mas tudo isso estava, mais do que nunca, a ponto de ser dito dentro de mim e de ser escutado por mim, que fugia da verdade. E sempre voltava o refrão que eu sentia como ameaçador, embora parecesse martelar sobre uma fórmula geral, indiferente: "É sempre um amor desprezado que leva à devassidão."

As palavras que esmagamos dentro de nós por medo de as escutar se tornam agitação e febre. Uma necessidade de movimento exterior me sublevou. Comecei a caminhar pela pequena sala. Fui da porta até a janela, da janela até a porta. Senti em mim o olhar de Lisa. Eu também a observava de soslaio. A cada instante, tinha a impressão de que ela ia falar comigo. Ora desejava sua voz como um alívio e um frescor. Ora a temia, acreditava que ela esbarraria em mim, numa irritação louca.

Lisa, de fato, pronunciou-se.

— Está pensando em quê? — perguntou.

Respondi esboçando um leve sorriso nos lábios, mas sentia que o sorriso interno estava crispado:

— Não interessa. Sou discreto a respeito de mim mesmo.

Ela caçoou:

— Então você tem medo de seus pensamentos?

Minha resposta se precipitou, mais pronta do que minha vontade:

— Tenho medo de meus pensamentos serem sentimentos.

Então Lisa se levantou também. Veio até mim, colocou-se em meu caminho como um obstáculo que interrompeu meus passos. Seus olhos tomaram meus olhos, seu olhar me pareceu inquieto e meigo, um olhar que busca e interroga e que, talvez, ama. Mas lembranças demais me colocavam em estado de alerta. Eu disse, a meia-voz:

— As brincadeiras maldosas da infância seriam realmente muito cruéis hoje.

E meus olhos se desviaram em fuga.

Lisa pôs a mão sobre meu ombro, uma de suas mãos tão belas e tão emocionantes; mas me trouxe a lembrança de tantos tapas e unhadas. E a Indecifrável disse:

— Sempre a mesma criatura escusa, imprevisível e, a partir do momento em que percebe que é amada, maldosa ainda por cima...

Tive um sobressalto, pois seu tom parecia sincero:

— Lisa! — gritei. — Muito me surpreende que você pense de mim quase o mesmo que penso de você.

Sua surpresa respondeu à minha:

— Como assim? Você me vê como imprevisível e escusa, e acha que, se eu fosse amada, seria maldosa?!

— Não acho nada. Eu me lembro.

— De que se lembra?

— Lembro-me de nossa infância. Posso ver os sorrisos encantadores da pequena Lisa pedindo que eu fosse brincar com ela em algum lugar onde ninguém nos visse e, a partir daquele instante, seria enganado por suas palavras e por seus olhos, e por toda sua beleza, e por toda sua graciosidade; eu tinha consentido, ah!, eu ainda sinto

suas maldades dissimuladas como se fosse ontem. Sinto meus pobres braços beliscados. Sinto minhas bochechas corarem sob o choque e sob a afronta. Eu me lembro — você também não se lembra? — do dia em que me levou para um canto, cuspiu na minha cara e fugiu com um ataque de riso triunfante.

Ela refletiu por um momento. Daí:

— É curioso. Não encontro nada do gênero em minhas lembranças. Mas vejo seus eternos movimentos de recuo. Eu tinha sentido a necessidade — as crianças são estranhas —, eu tinha uma necessidade doentia de ser amada por você. Sempre me insinuava para você; você sempre me rechaçava. Precisava de longas súplicas para obter um momento com você. E quando eu te beijava, quando falava das minhas emoções infantis; quando repetia para você: "Eu te amo, François, você quer ser então meu maridinho?", você ficava calado com olhos ariscos. Aí, sim, lembro-me de ter te beliscado ou batido em você algumas vezes. Estava furiosa, porque nem meus planos provocavam reação, porque você me desdenhava demais para revidar, escapulia imediatamente, contente em ter um pretexto para me abandonar em minha solidão. Sabe o que eu fazia, então? Corria para o meu quarto e me jogava na cama, mordendo meu travesseiro para que ninguém ouvisse meus soluços, dizendo: "Ele nunca me amará. Ele me odeia. Ele só gosta de meu pai. Ah! Como eu gostaria de ser meu pai!"

Ela prosseguia, com detalhes precisos: "Você se lembra do dia em que...? E do dia em que...?" Mas nunca achei lembranças semelhantes às suas; nossas memórias não batiam uma com a outra. Após cada um desses fatos, dos quais eu certamente teria me lembrado, conforme afirmei (mas eu era malvado demais para admitir), narrou dores, desesperos e, uma vez, até uma fracassada tentativa de suicídio.

Durante aquelas narrativas, sentia uma emoção um pouco delicada, mas, ao mesmo tempo, muito penosa. Tal

qual alguém que dorme e sonha que ascende ao céu em meio a delícias inefáveis, mas se lembra de outros sonhos semelhantes e sua alegria é reduzida a pó numa prensa de angústia, pois prevê o pesadelo final, prevê que agora mesmo sucederá uma queda arrasadora à suave ascensão.

Eu estava horrivelmente dilacerado. Meu coração gritava dentro de mim, eu era incapaz de fazê-lo calar-se. "Amo Lisa — ele chorava — sempre amei Lisa; sempre amarei Lisa." Ele acrescentava, ora suplicante, ora autoritário: "Pois então que sua boca fale como eu. A confissão fará duas pessoas felizes."

Ai de mim! Todas as minhas lembranças se opunham a falar. Minha razão e minha memória afirmavam: "Ela mente. A menininha fingida e cruel se tornou uma coquete. Quer que você se entregue a ela para te fazer sofrer." Eu ainda pensava: "Caso se tratasse de um único sofrimento; se ela, com minha confissão, caísse na risada, eu faria essa confissão para dar fim a isso. Mas, sem dúvida, hábeis insinuações que avançam para depois recuar e sorrisos que não permitem saber se são de amor ou de ironia, e olhares feitos talvez de emoção, talvez de ralho, me torturavam durante meses a fio. Preciso ter forças para me calar. Já posso sentir que ela também terá de me atormentar; que ao menos não se regozije com meu tormento. Ah! Que pelo menos ignore para sempre a sua potência que eu agora, infelizmente, conheço por inteiro."

De súbito, eis que se afundou numa poltrona e, com o rosto nas mãos, se pôs a soluçar. Murmurei a meia-voz: "Atriz!" Mas uma reação rápida me lançou a seus joelhos.

— Perdão, Lisa, perdão, eu te amo. Sempre te amei.

Ela descobriu o rosto e sorriu em meio às lágrimas. Tomou uma de minhas mãos e disse:

— Algumas vezes tive essa impressão. Mas não ousava acreditar, tamanha era a alegria.

Louise tinha voltado para casa.

— Ela não pode desconfiar de nada! — Lisa advertiu vivamente. Seu olhar tinha se tornado indiferente.

Apenas acrescentou, em voz baixa:

— Sexta-feira, aqui, no mesmo horário.

MESMA DATA, ONZE HORAS DA NOITE

Faltou-me coragem para sair e tenho medo de minha cama. Sei que não dormirei. Estou pensando demais sobre amanhã, sobre as prováveis alegrias, sobre as possíveis dores...

Penso em Lisa e em Louise. É óbvio, elas pertencem uma à outra mais do que irmãs comuns. O anormal de toda a minha vida sem dúvida me deformou de maneira singular: imagino, sem nojo, a amizade sáfica das duas. Eis que até chego a imaginá-la sem medo. Explico o erro de Lisa como meu erro. Ela não acreditava ter sido rechaçada por mim como eu acreditava ter sido rechaçado por ela? E a palavra que na terça-feira me torturava veio, consoladora, desculpar Lisa, torná-la minha, até em seu passado infiel: "É sempre um amor desprezado que leva à devassidão."

14 DE ABRIL

II Não, não pode ser, ela não está me enganando.

Não pudemos falar de intimidade alguma na casa de Louise e fiquei pouco tempo lá. Louise estava presente. Poderia ter sido uma ilusão causada por minhas preocupações novas, mas vi nela um ar desconfiado e espreitador. No entanto, Lisa conseguiu passar uma carta para mim. A partir daquele momento, fiquei inquieto. Ansiava por ficar só, saber o que dizia aquele papel, quiçá saborear a alegria.

Assim que entrei no carro, li estas linhas deliciosas:

Meu adorado,

Que singular aventura, a nossa. Como pudemos enganar um ao outro por tanto tempo a respeito de nossos sentimentos verdadeiros? Como aqueles que se amam puderam, durante anos de vida em comum, acreditar que se odiavam?

Refleti muito sobre essa questão. A culpa é minha, com certeza. Os exemplos de Louise — uma criança mais nova tudo imita, e uma irmã mais velha, infelizmente!, exerce tanta influência —, os exemplos de Louise me levaram, sem dúvida, no início, a ser maldosa com você. Faz muitos anos. Tínhamos dois anos, talvez três, no máximo. Pois minhas primeiras recordações me pareceram datar do quarto ano e, tão longe quanto eu possa lembrar, eu o amo e choro por você não me amar.

Meu pobrezinho perseguido! Era tão fácil você acreditar que era detestado por nós. Meus gestos de pequeno fantoche, de quem o espírito imitador puxa o fio, fizeram com que você desconfiasse de todos os meus atos futuros, de quando eu seria eu mesma. E quando amo sem ser amada, há momentos em que tenho vontade de matar. Você só viu o que havia de ruim em minha natureza apaixonada porque apenas isso estava de acordo com sua primeira impressão. Em sua mente de criança, suas primeiras lembranças formaram um sistema que ofusca tudo a meu respeito, contra mim. Você não tinha mais como saber que eu amava você; não podia mais acreditar quando eu me declarava. Ou então, eu deveria ter dito isso por mais tempo e deveria ter sido boa por mais tempo sem refutação.

Eu, que acreditava ser detestada, não podia ser boa e frequentemente — sim, agora me lembro, desde as suas queixas de terça-feira —, frequentemente odiei você por todo o meu amor rejeitado.

Por fim, o horrível mal-entendido foi dissipado. Temos vinte e quatro anos, penso que ainda seja uma boa idade para nos conhecermos. Suponhamos que nos

tivéssemos visto pela primeira vez três dias atrás e que, de repente, tivéssemos confessado amor à primeira vista.

Ou talvez não; há em nosso amor profundezas maravilhosas. Estaríamos perdendo muito se as esquecêssemos. Mas, além disso, não quero me esquecer de meus erros e, já que não serei amada, quero que toda a minha tolice e toda a minha maldade sejam perdoadas. Ah, sim, querido, você me perdoará facilmente; dificilmente eu me perdoarei.

Meu adorado, venha à minha casa amanhã de manhã, antes das nove (Louise já consegue me atordoar a partir das dez) e eu falarei com você sobre grandes projetos. Perdão, querido, os projetos são de sua alçada. Quanto a mim, só posso ter sonhos, sonhos que ficarão felizes em se modificar conforme os seus, se você tiver outros.

Eu amo você de todo o meu coração, com toda a minha memória, com toda a minha infinita necessidade de ser amada por você, com toda a minha infinita confusão por ter feito você infeliz; justo você, a quem eu queria dar tanta felicidade.

Olhe, vou pagar minhas dívidas, e mais que isso. Meu coração se sente tão rico desde que está contente...

Até amanhã, minha alegria querida.

Sua,

"Lisa"

‡

15 DE ABRIL

III

Estou saindo da casa dela. Que ser adorável!

O dia está um pouco frio. Uma grande lareira ardia, alegrando todo o cômodo, e nos cantos da chaminé as poltronas esperavam. Raros foram os momentos em que os dois assentos estiveram ocupados. Ora eu me ajoelhava diante dela; ora ela se ajoelhava à minha frente. Ou então, sentava-se sobre o tapete entre minhas pernas afastadas

e, com a cabeça projetada para trás, ficava olhando para mim. Houve até vezes em que ambas as poltronas estiveram desocupadas durante quase meia hora e, sentados sobre o tapete, nós nos apertávamos um contra o outro, em mil agrados.

Assim como nosso corpo, nossa memória fazia poses sucessivas, inquietas e, ao mesmo tempo, carinhosas. Falávamos sobre nossas visões do passado. Quando ambos nos lembrávamos de alguma coisa ao mesmo tempo, acariciávamos nossas lembranças um para o outro até que a esfregação, servindo-se dos ângulos mais agudos, transformasse aquelas recordações, de início contraditórias e dolorosas, em lembranças sem asperezas, semelhantes o bastante para que se entressorrissem. Trabalhávamos conforme nossas memórias. Aquele labor, que a maioria dos apaixonados deve ignorar, era encantador como uma aproximação contínua a bolinar, como uma vitória, a cada instante renovada contra a potência que separa, contra a deusa cega dos mal-entendidos.

Quando o relógio badalou dez horas, levantei-me num sobressalto e quis partir. Lisa me deteve e disse, sorrindo:

— Enviei um telegrama para Louise dizendo estar ocupada com compras urgentes que me tomariam toda a manhã na rua. Só prometi almoçar em sua casa.

Naquele momento, ela estava numa poltrona, aquela que acredito ter sido a minha, a princípio. Pegou em minha mão e me levou, fazendo-me sentar sobre o braço da poltrona. Depois ergueu em minha direção seu sorriso comovente e seu olhar belo como um céu do Meridião:

— Precisarei cumprir minha promessa?

Refleti por um instante, mas concluí:

— Sim, acredito que seja melhor assim.

Um biquinho encantador quase infantilizou seus grandes traços, tão nobres.

— Seu ordinário! — Lisa ralhou, sacudindo a cabeça com ares descontentes e agitando o dedo como uma ameaça sorridente. — O senhor fique sabendo que meu juízo vale

por dois e você pode, sem inconveniente algum, deixar seu coração falar, se é que você tem um, mais que a sua razão.

Vieram, então, os grandes projetos anunciados em sua carta:

— Você não quer que seja hoje. Mesmo assim, vamos ter de nos livrar de Louise.

— Quando quiser, querida. Eu preferiria que fosse agora mesmo. Permite que eu a rapte?

Partons, dans un baiser, pour un monde inconnu[6]

Como abordávamos um assunto sério, misturamos muitas brincadeiras às nossas palavras. Por alguns instantes, só trocamos citações, às vezes em divertidos desvios dos sentidos originais. Lisa é encantadora nos jogos de malícia e afagos.

Finalmente, decidimos o seguinte: durante oito dias, eu visitaria minha querida todas as manhãs e, para evitar suspeitas, ela cederia a Louise uma parte de suas tardes. O restante do tempo seria usado para preparar suas malas. Quanto a mim, eu me aprontaria e nós partiríamos no sábado seguinte. Iríamos nos esconder em qualquer canto improvável. Deixaríamos passar um ou dois meses. Depois, quando não houvesse ninguém mais para se intrometer em nossas vidas, ou quando estivéssemos resignados ao nosso amor, buscaríamos refúgio na casa que tia Mélie deixara para mim em Reber. E, assim disse Lisa, lá ficaríamos para sempre.

Aquela casa agrada à minha amiga em dobro: porque a amo e porque Lisa não a conhece. Lá não teríamos nenhuma lembrança em comum. Lá, nada me faria relembrar que ela fora má.

---

6 "Partamos, em um beijo ,para um mundo desconhecido", em tradução livre para o verso do poema "La nuit de mai", de Alfred de Musset.

16 DE ABRIL

Nada que anotar. Como é verdade que aqueles que são felizes não têm história! Inexprimível o meu deleite. Nossas palavras e nossos gestos são puros carinhos. Como escrever essas delícias e por que escrevê-las? A escrita torna tudo fixo e rígido, e o carinho é simplesmente ondulação. Ah! As doces esfregadelas do corpo, da mente e do coração! Ah, os sorrisos inundados de felicidade e os olhares emocionados, porém uma terna malícia dá vida mutável e alerta à emoção que paralisaria. As palavras profundas vêm acompanhadas de paparicos gentis, de lindos mimos, entrecortados por parênteses agradáveis. O sorriso às vezes se torna quase riso. Na maioria das vezes, estamos a ponto de nos enternecer. Irresistíveis lágrimas de alegria vão rolar. Mas não, basta uma palavra infantil ou um gesto brincalhão para cessá-las e, eis que, paradoxalmente, a carícia é espirituosa.

18 DE ABRIL

Nada passível de se exprimir. Felicidade, felicidade, felicidade.

21 DE ABRIL

Partimos amanhã. Seremos só nós dois, um para o outro. Vamos viver colados um no outro, isolados nas paisagens que, para ela, sequer serão povoadas por lembranças. A proximidade da partida rumo à felicidade que não terá fim, a qual deverei inteiramente a ela e ela deverá inteiramente a mim, nos deixou sérios hoje de manhã. Quase nenhuma brincadeira, quase nada de chistoso; mais nenhum bico encantador nem sorrisos que pareceriam zombeteiros a olhos incautos; mais nenhuma ironia dada em troco, que aprisiona o grito de amor na expressão infantil de uma bronca paradoxal.

Tampouco uma daquelas esfregadelas lentas que apoiam um pouco cá, quase nada lá, relam em outro lugar e se interrompem para logo recomeçarem, em tantas paradas de alegria; nenhuma daquelas esfregadelas que são como sucessões de meias carícias e, se me atrevo a dizê-lo, de madrigais físicos. Não havíamos "desfiado o rosário das carícias", para usar uma bela expressão de Lisa. No decorrer de três horas, fizemos uma única prece, contínua, grave e profunda. Quando nosso fervor já não exprimia mais adorações faladas, era porque o beijo unia nossas bocas com tenacidade. Talvez nunca mais nos beijaremos na pequena sala de estar íntima onde nossos lábios se conheceram. Pairava sobre nossas ternuras daquela manhã uma solenidade do adeus. Vamos estar sós, separados das pessoas que nos rodeavam, dos lugares aos quais nossos rostos e gestos estavam acostumados e, por assim dizer, de toda nossa vida pregressa. Partimos para fundar no desconhecido uma felicidade completamente nova. Também nossos beijos, profundos e vasculhadores como aqueles de dois seres que se buscam no mais íntimo de si próprios; nossos beijos que, não contentes em juntar nossos lábios, penetravam em nossas bocas, tinham contudo um quê de austeridade religiosa, uma austeridade um pouco bamba e que, no entanto, afirma e confirma; nossos beijos tinham uma austeridade de noivado, e uma espécie de ênfase de eterna promessa.

22 DE ABRIL, 5 HORAS DA MANHÃ

Devo buscar Lisa em sua casa às sete. Eu tinha pedido para ser acordado às cinco e meia. Mas essa noite não preguei olho e já às três horas me levantei, impaciente. Em certos momentos, tem-se a impressão de que nossa atividade pode atropelar o tempo.

Vamos a Granville. Entraremos no primeiro hotel que aparecer. Com um nome inventado e banal, senhor e senhora Léon Michel, vamos preencher o formulário.

Procuraremos uma casa para alugar num lugarejo qualquer ou no campo deserto. Lá viveremos de maneira muito humilde, com apenas uma empregada da região mesmo. Os belos rostos são simples; as belas vidas, também.

‡

HACQUEVILLE, 1º DE MAIO

Ficamos apenas dois dias em Granville. No vilarejo de Hacqueville, encontramos uma casinha que nos agradou. Imediatamente a alugamos. Essa região me lembra, em alguns detalhes, as cercanias de Reber. Pelo menos neste ano, está um pequeno deserto de secura onde as linhas preservam todo o seu valor. Reencontro minhas queridas estradas de poeira branca, os tamariscos de folhagem fina e as cercas de pálidas salgadeiras. Mas a paisagem está, ao mesmo tempo, menos voluptuosa e não tão nobre. Faltam-lhe as colinas que se escalonam em planaltos sucessivos e que aumentam a beleza do espetáculo a cada passo. As falésias agrestes são impossíveis de se abordar. Os seixos machucam os pés. Os rochedos à beira-mar, completamente pontudos e cavos, em arestas e concavidades, se ouriçam, hostis. E depois o Mediterrâneo, sobretudo nesse golfo quase fechado que é o lago de Reber, belo e imóvel como uma mulher adormecida; mas um sonho feliz faz seu seio palpitar. A Mancha é um desses mares bárbaros e cheios de caprichos — por enquanto só conheço sua reputação — que fogem para depois voltarem; e sua fuga grita e seu retorno quase sempre ameaça.

Ao chegarmos, o mar alto e calmo me alegrou. O céu esbanjava um azul variado: um lado tinha profundidade admirável, escura e quente, quase provençal; depois, ia se azulando e sua cor se degradava até o cinza. Porém, era um cinza-claro, cintilante sorriso de ternura, ao lado do grande riso apaixonado. O mar era

belo, manso e, dentre suas nuances adoráveis, algumas evocavam recordações, anunciavam os rincões mais transparentes e mais pálidos do Mediterrâneo.

Quando voltei, algumas horas mais tarde, a água tinha recuado, deixando entre mim e ela o deserto tórrido da praia. Era madeira já seca, cortada por mil rastejos de regatos superficiais; eram rochas esculpidas de maneira maligna, algumas brutais e nuas, outras cobertas de algas traiçoeiras que fazem escorregar. O mar fugira, deixando atrás dele — tal qual um sorriso — não apenas distância, mas também obstáculos e dor.

Agora ele está aqui bem perto, sob minha janela. Há momentos em que paro de escrever e observo, com palpitação, sua imensa beleza e calma. Um pouco afastado da beirada, aqui enquadrado por uma faixa verde, lá pelo infinito verde, sorri um recanto de azul-claro encantador, que renova em mim as sensações de infância. Um ponto do lago em frente ao pátio do Saint Louis de Gonzague costumava ter aquela nuance, e no azul intenso também se formava um lago de palidez. Porém, dentro de mais algumas horas, a água terá recuado. O fundo, que com ela casado lhe confere essa sedução requintada, estará nu e triste.

Mar coquete[7], mar bárbaro... Você reaviva minha saudade e meu desejo do Mediterrâneo.

---

7 A palavra "mar", *mer* em francês, é feminina. O autor se serve da homofonia *mer* ("mar") e *mère* ("mãe"), num procedimento recorrente na poesia francesa, para aproximar o mar de uma imagem feminina e materna, conforme o ponto de vista ambíguo de François. Isso explica a contradição de um mar/mãe coquete e bárbaro, ao mesmo tempo com características tradicionalmente atribuídas ao feminino e ao masculino.

2 DE MAIO

Tenho pouco tempo para dedicar a meu diário. Lisa não sabe que escrevo sobre nossa vida e, não sei por que, tenho a impressão de que não deve saber. Portanto, só posso voltar a meu caderno nos raros momentos em que me encontro sozinho. Ontem me demorei em descrições e não pude narrar minhas aventuras, ou melhor, meus sentimentos.

Quais aventuras, de fato? Nenhuma. Devo anotar apenas a seguinte externação de sentimentos: senhor e senhora Léon Michel formam um belo casal e dormem na mesma cama. Alegria e tremor! Tão mais doces que as carícias da manhã! Que volúpia emana de um belo corpo que se toca por inteiro, sem o obstáculo das roupas! Ah! Como minhas mãos estão contentes, e minhas pernas aprisionadas entre as suas, e sobre o delicado travesseiro de seu ombro minha cabeça pesa de tantos arrebatamentos. Meu corpo tem boa memória e a lembrança da noite torna fremente todo o meu dia. Dentro de mim, como um refrão que dá ritmo à felicidade e agrupa as sensações difusas, canta o verso de Hugo:

Et nous sommes encor tout mêlés l'un à l'autre[8].

... A voz de Lisa me chama.

3 DE MAIO

Ontem comentei um pouco sobre a alegria de minhas noites e seus prolongamentos no dia. Sequer tentei balbuciar o deleite matinal: despertar ao lado de um ser de beleza e amor.

---

8 "E ainda estamos completamente envoltos um no outro", em tradução livre para o verso citado de "Booz adormecido" (*A lenda dos séculos*, 1. ed., 1859), de Victor Hugo.

E não tive coragem de apontar a inquietude que se mistura à minha felicidade: Lisa ainda não é minha amante.

Conheço minha fraqueza. Lembro-me de minhas raras tentativas de encontrar a volúpia em outros lugares que não no reflexo de alguma alegria vizinha. Revejo, com terror, os três ou quatro dias de verdadeira doença que sucederam a cada imprudência, aqueles três ou quatro dias em que minha cabeça pesava, meu estômago recusava qualquer comida e minhas pernas não podiam mais me carregar; aqueles três ou quatro dias de cama. É preciso confrontar esse suplício cuja causa, depois de mais duas ou três vezes, Lisa acabará por descobrir? E, no entanto, como evitar essa angústia?

Lisa nada diz, não faz alusão alguma a carícias mais vívidas do que as oferecidas por mim. Mas tal esfregadela ou tal beijo que atrasa e que retorna talvez questione. Quanto a mim, esta primavera e todas as emoções me atordoam, enfraquecem-me mais do que nunca. Quando eu for homem, conseguirei fazê-lo? Não é apenas a vergonha dos poucos dias de cama que tenho a temer? Não sofrerei a terrível confusão de um fracasso?...

Mas por que falar de vergonha e de confusão? Se tremo, é porque tenho medo de perder o amor de Lisa, minha única razão de viver.

Minha omissão prolongada lhe parece quiçá uma ofensa, uma prova de indiferença. Isso a afastará de mim aos poucos. Meus insucessos ou minhas fraquezas do dia seguinte também a afastarão. Pobre amor, que tem de acabar na aversão ou no desprezo.

4 DE MAIO

Esta noite, tentei... Oh! Fui tão modesto, não tive a presunção de querer ser um homem. Tentei, como posso dizer?... Ser uma mulher que ama outra mulher. Lisa me rechaçou: "Não, assim não!"

Senti-me sem forças, incapaz de outra coisa. Pensei por muito tempo sobre a recusa de Lisa. Aquele "Não, assim não" fora dito com tom de repulsa e de terror. "Não, assim não", eu repetia a mim mesmo em minha mente, "Pois isso conheço muito bem; isso é Louise. Foi para fugir disso que vim até você, que vim até um homem." Ai de mim! A mulherzinha não é um homem. Minha pobre amada, você acreditou que encontraria a salvação em mim, como eu acreditei encontrar em você a salvação. Um dia saberá que nada posso fazer por você; decepcionada, acabará por afastar-se, abandonando-me à minha solidão vergonhosa e desesperada.

Sua esperança será realizada por outro: os braços viris não são raros. Já eu, encontrarei um dia uma mulher que se satisfaça com o amor da "mulherzinha"?

Pobre mulherzinha, mais valeria fugir sem deixar revelar o seu segredo; mais valeria ir morrer em algum canto desconhecido. Pelo menos a sua falta será sentida: eis o que repetia a mim mesmo dez vezes ao dia. Vãs exortações. Não temo a morte, mas tenho sede de carícias. Enquanto houver um beijo que esperar, por maior que seja o preço que se pague pela vergonha e pela angústia, sinto que com certeza ficarei. Meu corpo estará hoje à noite contra o seu, gozará de toda aquela morna e latejante beleza. Quero essa volúpia mais uma vez. Nos dias mais corajosos, adio a fuga para o dia seguinte. O dia seguinte é mais covarde, ainda mais ávido pela noite precedente e pelas próximas carícias.

‡

SEGUNDA-FEIRA, 8 DE MAIO

V

Quinta-feira passada eu tentei, eu quis. Angústias atrozes. Em duas retomadas, no momento em que estava prestes a começar, em que talvez tivesse avançado demais para recuar de maneira digna, o medo de minha impotência me aniquilou. Por duas vezes, mal disfarcei meu recuo com palavras ternas como "Você quer mesmo,

minha adorada?" e carícias inovadoras. Duas vezes fingi censurar-me por minha brutalidade, acreditar que Lisa não estivesse pronta. Procurava aquela bizarra vitória, fazer com que pensasse de mim: "Que imbecil! Que cego!" Ela vibrava, impaciente, e seu corpo vinha à dianteira do meu, chamava o meu por meio de roçadelas ofegantes. Enfim, quando o ritmo de seu desejo a colocava à frente, toda aberta à volúpia próxima, senti-me viril e precipitei-me na terrível alegria.

Tenho a impressão de que me comportei bastante bem. O que eu não podia retomar, fiz durar muito tempo, com interrupções hábeis que eu encobria com um véu de emoção feliz, que enchia de palavras de entusiasmo e de pequenas carícias com os dedos, as palmas e os lábios, a língua e até as pálpebras. Ela ia logo me apertando com braços contentes, e seus olhares molhados e seus lábios balbuciantes expressavam agradecimentos. Eu mesmo, rejeitando o pensamento do dia seguinte ou talvez esperando que a verdadeira carícia não fosse de fato tão ruim quanto o falso beijo, me rendia a uma embriaguez potente. Excitava-me o prazer, esporeava-me, gritava:

— Corra, corra depressa ao ápice paradisíaco!

Mas, comportado e generoso, eu moderava meu ritmo, feliz sobretudo com a alegria de Lisa.

Aquela alegria aumentava. Pois meu corpo, sempre a roçar, completava o beijo com mil acompanhamentos. O beijo ia, rítmico e lento, entre o séquito de carícias — rei severo rodeado por pajens malandros, lúbricos, quase fazendo cócegas.

Foi quando a amada caiu em uma pasmaceira, toda passiva, toda abandonada, como quebrada de felicidade.

Suplicou:

— Basta! Basta!

E eu acelerava lentamente a marcha cadenciada das alegrias. O rei, ao centro, os pajens todos ao redor foram em trote, em trote acelerado.

— Basta, François, basta, você está me matando!

Essas palavras de derrotada excitaram minha vitória. O rei, doravante sem séquito, partiu num galope desesperado. Chegou, vertiginoso, ao fim, no momento em que Lisa murmurava:

— Estou morta, ah!, estou morta!

O prolongamento arrepiante da alegria e o orgulho do triunfo absoluto me sustentaram por um instante. Persisti fazendo o corpo de Lisa fremir sob aqueles toques lentos que transformam a volta em uma longa descida feliz. Mas logo me senti escorregar em um abismo deliciosamente aniquilador...

... Despertei, vago, estupefato, como se voltasse da terra do nada. Lisa se afobava ao meu redor:

— O que você tem?... O que teve? Ficou mal?

Balbuciei:

— Não foi nada.

Oh, desgraça! Eu sabia muito bem o que era. O cansaço que sempre sucedia à minha menor carícia ativa me esmagava, mais pesado do que nunca. Parecia que meu esforço prolongado, tão triunfante agora há pouco, tinha arrancado e rolado por cima de mim um rochedo enorme. Eu me consternava: "Pelo menos três dias de cama!" E me desesperava: "Lisa vai entender."

Maternal, ela se pôs a me acariciar e disse:

— Você realmente foi muito louco, querido.

Senti uma vermelhidão de brasa espalhar-se sobre minha palidez.

No dia seguinte, quando viu que eu não conseguia me levantar, ela começou a ficar preocupada. Quis chamar um médico. Não me opus; seria como confessar que eu sabia de minha doença e que em mim não havia nada que não fosse esperado.

Após um longo exame, o doutor prescreveu repouso e uns tônicos quaisquer. Num instante em que se encontrou a sós comigo, disse:

— O senhor não deve se sobrecarregar assim. Po-

de-se ver que cometeu enormes excessos no trabalho ou no prazer. Já é tempo de se conter.

O que seria para os outros uma simples alegria, razoável, quase medíocre, representa para a pobre mulherzinha "enormes excessos".

Terei, então, de renunciar à doçura de ser amado?

9 DE MAIO

Lisa cuidou de mim com ternura requintada. Ainda agora zela por mim, preocupada e maternal. Não posso sair sem que antes ela me cubra com um sobretudo bastante inútil e envolva meu pescoço com um cachecol absurdo. Alega que o ar dessa região me faz muito mal. Pede para partirmos imediatamente a Reber. Lá, há um sintoma que me perturba um pouco. Nos períodos de grande insatisfação, senti essa necessidade de deslocamento; imaginei que, em um lugar ou em outro, a felicidade talvez esperasse por mim. Lisa quer deixar Hocqueville porque em Hocqueville algo lhe faz falta... Não serei mais viril em Reber.

12 DE MAIO

Está decidido, partiremos hoje à noite.

VI

REBER, 18 DE MAIO

Instalamo-nos, há alguns dias, na adorável casa que tia Mélie transformava numa morada tristemente lúgubre. Pouco ocupamos esses grandes cômodos que, todavia, eram inteiramente penetrados pela luz. Preferimos nos sentar ao ar livre, no terraço espaçoso debaixo do azul intenso do céu, diante do azul imenso do mar. Esse mar é fiel: sempre encontramos uma beleza transbordante nele; seu sorriso e sua canção continuam sendo vizinhos. Não

se vê mesmo fugir o seu azul-escuro que, aqui e acolá, as palidezes iluminam, e onde se mistura o delicioso verde das pradarias de algas. O balanço das pequenas ondas amigas o anima como uma dança, e a monotonia múltipla do balé costuma se divertir com o escorregar flutuante de uma nuvem que o vento expulsa no céu e na água.

Passamos horas deliciosas. Imersos em toda essa beleza, tão calma e tão vibrante ao mesmo tempo e que, por instantes, parece — meu Deus!, como as palavras tornam contraditórias qualquer coisa concreta que elas queiram abraçar de perto — parece crepitar de silêncio, nós sonhamos, sorrimos, lemos. De tempos em tempos, um de nós se levanta e vai beijar o outro. Nossas carícias são meigas, ternas, desprovidas de qualquer paixão. Afagos risonhos e um pouco pueris de minha parte; em Lisa, gravemente sorridentes e maternos. Estou convencido de que compreendeu o segredo de minha fraqueza e que nem por isso me ama menos. À noite, assim que nos deitamos, ela alega ter muito sono e, depois de um beijo rápido, sequer sobre os lábios, me dá as costas e finge dormir. De manhã, quando acordo, já está de pé. Mal começa a ouvir meus movimentos, vai ao meu encontro, lança seus braços ao meu pescoço e me cobre de doces carinhos, repetindo: "Minha criança, minha criancinha, meu bebezinho querido." Estou feliz, numa felicidade um pouco confusa e humilhada, ainda assim deliciosa.

20 DE MAIO

Lisa me disse:

— Agora você está se comportando muito bem, não é?

Respondi com um leve tremor interno:

— Sim, minha adorada.

— Esta terra lhe faz muito bem mesmo. Eu gosto muito. Este é o lugar onde viveremos para sempre, não é, bebezinho?

— Sim, meu amor.

Depois de conversinhas meigas, ela propôs um longo passeio. O veículo nos levou bem ao alto. Em seguida, abandonando a estrada, através de trilhas estreitas e sinuosas, subimos vários andares de colinas. Enquanto voltávamos, Lisa soltava gritos de admiração. A alegria do espetáculo cada vez maior e mais nobre se expressava também por meio de carícias. Ela me abraçava e comungávamos na beleza.

Certa vez, olhou para mim por muito tempo, depois de ter contemplado o horizonte maravilhoso e, embriagada de volúpia estética, disse uma enorme besteira:

— Esta terra é bela como você.

Seus olhos se inundaram novamente na harmonia das colinas, do céu e do mar, e ela se corrigiu:

— Sim, há algo em comum, mas há também algo contrário.

Quanto a mim, eu deslindava dolorosamente sua dor confusa: "Essa paisagem é terna e voluptuosa, mais do que eu sou voluptuoso e terno. Mas também é nobre — e ampla — e sua simplicidade poderosa, que faz tamanha beleza com linhas tão sóbrias e cores tão pouco variadas, mais luz do que cor, pronuncia uma força calma e invencível."

21 DE MAIO

Hoje de manhã, antes de se levantar, Lisa me beijou. Sua carícia me despertou. Mantive os olhos fechados e permaneci imóvel. Então, seus beijos começaram a chover, apressados, inúmeros, sobre meus olhos, sobre minhas bochechas, sobre meus lábios, sobre meu pescoço. Não pude fingir que dormia. Lancei meus braços para a frente para agarrar a amada. Mas foi ela quem agarrou meus braços e os estendeu em cruz, imobilizados. E continuou com seus beijos rápidos, desta vez evitando minha boca. Em seguida, me ofereceu seus lábios como um fruto tentador, aproximava-os dos meus, alongava-os num bico,

quase beijando; mas quando eu tentava alcançá-los, os lábios fugiam, o beijo voava para longe. Enfim, um peso de alegria esmagou minha boca, daí seus lábios sugaram os meus, beberam-nos, ao passo que sua língua os acariciava nos dois cantos, ora lenta, ora veloz... Mas, abruptamente, ela se lançou para fora da cama, correu em direção a seu lavabo.

Tive ímpetos de segui-la. Ela voltou, tomou-me em seus braços — ela é muito forte — e me trouxe de volta para a cama. Deu-me dois ou três pequenos golpes acariciantes e disse:

— Fique quietinho, bebezinho, senão vai levar uma boa surra!

Permaneci imóvel por um momento, ao mesmo tempo feliz e humilhado.

Desde hoje de manhã, estou perturbado. A cena, concluída com jogos maternos, começara de maneira bem diferente. O desejo visivelmente volta a fazer cosquinhas em Lisa. Aquele apetite, não satisfeito, logo mais se exasperará em fome dolorosa. O que fazer? O que fazer?

22 DE MAIO

Ontem à noite, os jogos da manhã recomeçaram, estendendo-se. Acabei por desejar Lisa de maneira irresistível. Pior, tive fome dela como ela tivera fome de mim; adoecerei por alguns dias, mas a grande alegria compensará muito. Ela resistiu por bastante tempo. "Não, meu querido. Eu te amo demais para querer machucar você. Você é meu filhinho adorado. Comporte-se." Persisti em minha decisão. Ela acabou cedendo. Mas sua longa resistência havia esgotado meu vigor. Em seguida, rechaçou-me: "Você não está vendo que não consegue, meu menino adorado? Então, fique quieto. Seja sensato. Gosto de você assim."

Lágrimas de raiva escorriam por minhas bochechas. Ela as enxugou com seus lábios, que vieram em seguida

secar meus olhos. Consolava-me, adorável. E, no meio de meus choros de vergonha, quase senti necessidade de chorar de alegria também. Minha amada fraqueza provoca em mim volúpias profundas, superiores às volúpias banais que o destino tornou inabordáveis para mim. Estou contente como uma criança envolta pela ternura.

QUINTA-FEIRA, 25 DE MAIO

Na quinta-feira, eu a peguei. Ela recomendou: "Seja sensato, pelo menos!" Contentei-me com um beijo rápido. Assim, o abalo nervoso seria mínimo. De fato, só tive de ficar de cama por dois dias. Mas Lisa, pude perfeitamente sentir que Lisa teve mais que uma alegria, a esperança e a espera de uma alegria. Disse "Basta! Basta!", mas estava falando por mim e, pasmada pela metade, apenas suspirou que estava morta e que ia morrer.

28 DE MAIO

Durante um passeio a pé, encontramos um jovem camponês grande, de ombros largos, pescoço de touro, bigode preto e espesso. A figura jovial tinha uma beleza saudável e vigorosa.

Lisa se virou quando ele passou.

29 DE MAIO

Ontem à noite fiz o que pude. Amei Lisa como uma mulher poderia amá-la. De início, houve um recuo da adorada; em seguida, aceitou minhas carícias. Ficou feliz, provou de minha destreza delicada. Porém, depois, me rechaçou com asco. Hoje está resmungando.

30 DE MAIO

Ontem à noite, na cama, a rabugice do dia continuou. Tentei beijar o rosto da amada; rechaçou-me. Tomei

sua mão e beijei-a; a mão maldosa e forte me empurrou, libertou-se de maneira determinada.

31 DE MAIO

Ainda ontem, resmungou a manhã toda. Mas voltou à tarde. Foi encantadora.

— Fico um pouco nervosa às vezes. Você não deve ter ódio de mim. A malvada aqui te adora. Infelizmente, ela nem sempre controla os nervos dela.

Beijou-me longamente, mas de maneira materna. Retribuí a carícia. Afastou-me, muito delicada, olhou para mim por um instante. Então:

— Como você está pálido, minha criança adorada. Acho que te machuquei, de maldade. Perdoe-me, perdoe-me.

— Não há nada que desculpar: estou feliz, tão feliz... Devo tanta felicidade a você.

Em um enternecimento irresistível, disse-lhe que ela tinha me salvado, que no momento em que eu soube de seu amor, estava decidido a morrer. A confidência pareceu assustá-la. Prometeu, meiga:

— Sempre te amarei, sempre. Eu sei, viu, que você não seria mais capaz de viver sem sua malvada Lisa que te adora. Mas também sei que viverá por muito, muito tempo.

Retomou:

— Vamos morrer juntos. Pois também preciso de você, de sua ternura tão profunda e tão delicada. O que poderia substituí-la para mim?... Veja, quando o destino matar um de nós, o amor matará o outro. É possível viver no vácuo?...

2 DE JUNHO

Esta noite, seu corpo pediu claramente carícias que sou capaz de dar sem cansaço; as pobres carícias que no outro dia pareceram enojá-la, após já lhe terem dado prazer.

Desta vez, não resmungou, apertou-me contra ela por muito tempo, em uma volúpia de agradecimento.

5 DE JUNHO

Todas as noites ela pede ou aceita as delicadas carícias que consigo dar. Estou profundamente feliz, pois ela está feliz, feliz por mim.

6 DE JUNHO

Senti o ciúme me morder. Despertei no meio da noite e beijei Lisa de leve. Recebeu minha carícia e seu corpo pôs-se a tremelicar. Daí suas mãos conduziram meu beijo. Semiadormecida, estava feliz como num sonho. Mas eis que, de repente, suspirou: "Minha querida, oh! Minha querida..."

10 DE JUNHO

Tenho dormido muito mal. Todas as noites, várias vezes, em sobressalto, os despertares me arrancam de um pesadelo recorrente, no qual Louise acaricia Lisa e Lisa suspira: "Minha querida, oh! Minha querida..." E as mãos de Lisa seguram, exigentes, a cabeça de Louise, forçando a carícia a perdurar.

30 DE JUNHO

Raramente Lisa pede carícias. Agora só as dou se me pedir. Quando sente desejo, concedo, mas sinto asco profundo.

‡

10 DE JULHO

Poucas coisas que anotar. Lisa não pede mais carícias e eu não as dou. Antes de adormecermos, beijamo-nos como irmãos, muito friamente. É isso.

12 DE JULHO

Talvez Lisa permaneça comigo porque tem medo que eu me mate. Dó sem ternura, não quero. Vou dizer isso a ela.

16 DE JULHO

Ela estava sentada no jardim, debaixo do caramanchão de parreiras virgens, e o rio Arc cantarolava, límpido, a seus pés.

Fui até ela e perguntei:

— Lisa, você ainda me ama?

Mirou-me com olhar hostil e replicou:

— Gostaria de saber o que foi que fiz para você se sentir no direito de duvidar.

Ajoelhei-me diante dela. Tomei uma de suas mãos e a cobri de beijos. Ela me deixou fazê-lo, imóvel, indiferente, como se não visse meus gestos, como se não sentisse minhas carícias.

— Lisa — implorei —, não é só de sua presença que eu preciso, mas também de seu amor. Se sentisse que você não me ama mais, que é um dó banal que a retém ao meu lado, essa ideia me seria mais penosa que sua ausência, mais penosa que a solidão, mais penosa que a morte.

Ergueu-se e proferiu com os lábios desdenhosos:

— Está bem, senhor. Não existiria maneira mais amável de dizer a uma mulher que ela está sobrando em sua casa. Não sou daquelas que o senhor precisa dispensar duas vezes.

Também me ergui, indignado com sua má-fé. E comecei:

— Lisa, entenda meu ponto de vista...

Mas me interrompi. Pois a indignação que me fizera levantar num impulso brusco já tinha me tirado as forças para falar. Lisa estava terrivelmente bela naquele momento, bela de uma imperiosa e armada beleza. Uma necessidade infinita me esmagava. Tive a impressão de que morreria se não a revisse naquele instante, sobre aquela precisão altiva e ofensiva, a deliciosa, a necessária vestimenta de graciosidade e de sorriso. Após um silêncio de angústia, gritei:

— Lisa, você finge acreditar que não preciso nem de seu amor nem de sua presença. Não falei nada disso. Só disse que precisava da presença de seu amor por mim. Lisa, você me amou como se ama um homem e, depois, como se ama uma criança. Agora me parece que você não me ama mais, parece que me despreza.

Lágrimas inchavam meus olhos. Elas finalmente rolaram, transbordantes. Eis que, muito covarde, supliquei:

— Lisa, oh!, Lisa, perdoe-me. Vim conceder a você a liberdade que parecia desejar; dizer que, se só tivesse dó para me dar, não o quero. Obriguei-me a vir te dizer estas mentiras orgulhosas: "Se você gosta de mim, eu te adoro. Se não me ama mais, não preciso mais de você. Saberei viver sem você. Estou decidido a viver. Se quiser, pode ir embora, sem ter medo de estar cometendo um assassinato." Sim, foi isso que eu tinha acabado de dizer. Acontece que sou fraco demais, Lisa, não tenho forças para a mentira necessária. Se você não tem mais ternura para me dar, mesmo a sua piedade, oh!, quão dolorosamente amada, ainda é preciosa para mim. Sou tão miserável; não posso desdenhar a esmola de sua piedade. Preciso de você perto de mim. Morro lentamente por causa de sua indiferença; sua ausência me mataria de uma só vez.

Por meio de preces e violências delicadas, forcei Lisa a sentar-se de novo. Reposicionei-me de joelhos diante do ídolo indiferente, retomei sua mão hostil entre minhas mãos de tremor e de amor, esquentei-a, aquela mão fria, com longas carícias tímidas. Lisa permanecia muda. Enfim, amoleceu um pouco. Disse-me, acariciando minha bochecha:

— Você é um moleque ordinário e cheio de caprichos. Acaba de fazer essa cena injusta e, se eu te perdoasse, seria uma demonstração de muita fraqueza. Não vai fazer isso outra vez, não é mesmo?

A mísera criança, tão fraca, chorava e se humilhava. Por instantes, estava contente: imaginava ter cometido erros de verdade e ser perdoado à custa de amor. Ah! pobre, pobre mulherzinha...

Você ama desesperadamente, pobre mulherzinha, igual a uma mulher que se sente prestes a ser abandonada.

18 DE JULHO

Não sei por que abro este caderno. As friezas de Lisa continuam. Está farta de mim, sinto isso. Não ousa me ver morto: é apenas isso o que a detém. Esse sentimento a deterá por muito tempo? Não pensará, em breve, nestas palavras banais: "Faça o que eu digo, mas não faça o que faço"?

Não estou nem um pouco orgulhoso em aceitar a esmola de sua presença, censurada por cada um de seus gestos e pelo tom de cada uma de suas palavras, e pela atitude distante, fechada, abespinhada de seus longos silêncios imóveis. Sofro violentamente. Porém, sua partida seria para mim uma dor mais brutal, mais massiva. Tenho medo do choque irresistível. Lisa, eu te amo como o moribundo ama a vida.

20 DE JULHO

Dois versos de Racine cantam dentro de mim, contínuos como um dobre suavíssimo:

Ariane, ma sœur! de quel amour blessée,
Vous mourûtes aux bords où vous fûtes laissée![9].

---

9 "Ariadne, minha irmã!, de que amor lacerada / Morrestes sobre a borda onde fostes deixada!" Excerto do

21 DE JULHO

Lisa está entediada. Agora mesmo me disse bocejando:

— E se voltássemos a Paris?...

— Não é um bom momento, com esses calores...

— E o que é que há? Porque você não tem a intenção, assim espero, de me exilar durante todo o verão nesse buraco, não é?

— Iremos aonde você quiser, meu amor.

Concluiu, com mais um bocejo:

— Não, aonde você quiser, desde que tenha gente.

22 DE JULHO

Lisa tem caprichos que definem uma crise. Recordando-me de seu desejo de ontem, perguntei agora mesmo a ela:

— Você quer ir a alguma estação nos Pirineus? Se não me engano, você não conhece os Pirineus...?

— Não. Nem quero conhecê-los agora. Só quero sossego. Estamos muito bem aqui.

— Faremos o que você quiser, querida.

Bocejou:

— Estou um pouco entediada. Mas acho que me entediaria em qualquer lugar.

‡

23 DE JULHO

VIII Hoje cedo, estávamos tomando o café da manhã quando alguém tocou a campainha. Um minuto depois, o jardineiro entrou na sala de jantar — aqui temos domésticos sem nenhum estilo — e sua mão suja de terra trouxe

---

ato I, cena III, de *Fedra* em: RACINE, Jean. *Três tragédias*: Fedra, Ester, Atália. Tradução de Jenny Klabin Segall. Prefácio de Roger Bastide. Rio de Janeiro: Ediouro, 1965. p. 20-21.

uma carta para mim. No envelope, reconheci a letra de Jean Provençal. Amassei o papel e joguei-o pela janela aberta. Eu o tinha lançado ao mar, mas bateu no muro e caiu de volta no terraço.

Lisa soltou uma risada nervosa. A curiosidade feminina não admite que se deixe voluntariamente o véu sobre um mistério, por menor que seja. Aliás, uma carta era, em seu tédio sem imprevistos, um leve divertimento. Disse, indignada:

— Então é isso que você faz com as cartas que escrevem para você?...

Como eu sorri sem responder, ela supôs, com um malvado amarfanhar dos lábios:

— Então você só pode ter feito isso com a carta que eu, um dia, cometi a besteira de entregar para você na casa de Louise?

Não pude me conter e dei de ombros. Ela percebeu:

— Seus gestos são de uma polidez...

Abaixei a cabeça, um pouco confuso. Ela redobrou seus ataques:

— Você poderia se dar ao trabalho de responder quando alguém fala com você.

Não pude mais ficar calado. Ela amarrotava o guardanapo, estava prestes a jogá-lo sobre a mesa. Falei, com toda a suavidade:

— O que você espera que eu responda quando comete a injustiça de comparar a sua querida carta de amor à primeira carta que aparece?

Ela assobiou:

— Certo, agora o senhor vem com ironia. Mas se acha que é engraçado, veja só...

Calei-me de novo, magoado.

Ela recomeçou:

— Vai ter de devolver minha carta.

E perante meu gesto de desolação:

— Se é que ainda a tem.

Meus olhos se encheram de lágrimas. Ela explicou:

— Logo mais, sem dúvida, o senhor nem se dignará mais, mesmo ralhando, a distinguir minha letra da dos outros. Jogará fora aquele papel velho com desdém. Acontece que as cartas descartadas correm o risco de serem recolhidas e lidas. E eu certamente teria muita vergonha se alguém ficasse sabendo das besteiras que eu possa ter escrito para você.

Gritei, já mordido demais no coração:

— Oh! Lisa, maldosa Lisa!

E minhas lágrimas rolaram, irresistíveis, entre soluços que não consegui conter.

E para me consolar de uma vez, disse-me:

— Meu Deus, como leva a mal qualquer brincadeira. Acha que é agradável morar com pessoas tão suscetíveis...?

Ela voltou a comer. Eu a contemplava dolorosamente. Passou um minuto muito longo. Em seguida, Lisa levantou uma cara contrariada, olhou-me nos olhos e reclamou assim:

— Deve estar pensando que é muito divertido estar com um mudo? Fale, fale alguma coisa!

Suspirei, infantilmente:

— O que você quer que eu diga?

— Vamos lá! Bom, será necessário fornecer ao senhor os temas da conversa. Diga o que quiser, mas fale! Nada me corta tanto o apetite quanto esses seus silêncios absurdos.

Permaneci calado. Ela me pressionou mais uma vez:

— Se o senhor acha que suas birras de criança o tornam interessante...

Depois, vendo que todas essas provocações não surtiam qualquer efeito, perguntou:

— Pelo menos sabe de quem é a carta pela qual demonstrou tanto respeito?

— De alguém que detesto.

Então, a mulher cruel teve a audácia de proferir estas palavras de chacota:

— Olhe só! O senhor tem mais força para detestar do que para amar.

Quis me levantar, fugir daqueles golpes abomináveis. Mas uma dor no coração, como se o tivessem esmagado num torno de bancada, me imobilizou.

Depois de um silêncio pesado que me permitiu saborear meu suplício, Lisa ainda perguntou:

— E quem é o felizardo que inspira tão vívido sentimento no senhor?

Meu coração dolorido me deixava completamente ofegante, tão impotente para falar quanto para remoer. Ela insistiu:

— Não quer falar de quem era aquela carta?... Haverá ali, portanto, um segredo bastante grave? Como sou ingênua! Se quis destruí-la, é porque não quer que eu fique sabendo.

Caçoou:

— Entendo. Uma rival disputa o seu amor comigo. O senhor está abusando das forças de sua juventude para compartilhar seu coração.

E prosseguiu:

— Mas a culpa é toda minha por me lamentar. Já que quis destruir a carta, não quer nem mesmo saber do convite que provavelmente foi feito ali? Como poderei ser grata o bastante por tão nobre sacrifício?

Fui, enfim, capaz de murmurar algumas palavras. Para fazer a ironia atroz parar, disse:

— Aquela carta é de Jean Provençal.

Lisa balançou a cabeça e observou:

— Ah!... Odeia tanto assim seus amigos depois de ficar algum tempo sem os ver? Olhe só, quanta confiança o senhor inspira àqueles que pretende amar hoje!

Uma curiosidade a torturava:

— Não está muito curioso. O que Jean Provençal poderia dizer ao senhor? Sua carta nos permitiria saber como descobriu que o senhor está aqui. Talvez ele não ignore o fato de que não está a sós... Enfim, tenho a impressão, senhor, de que estou aqui numa situação muito inquietante e, se tivesse a mínima preocupação

com minha reputação, teria aberto o envelope tremendo de raiva.

Simplesmente respondi:

— Pode ler a carta.

Curvou-se, zombeteira:

— Como expressar meu agradecimento inspirado por sua extraordinária generosidade?

A refeição chegou ao fim. Como de praxe, nos levantamos para tomar o café no terraço. Sentei-me diante de minha xícara, quando Lisa disse:

— Já que deseja que eu leia a carta, poderia muito bem trazê-la aqui.

Chamei um doméstico. Mandei-o ir procurar o papel que estava lá embaixo, perto do muro, e entregá-lo para a senhora.

Com a carta entre as mãos, começou uma nova cena:

— O senhor me permite?... Tem certeza?... Sem segundas intenções? Não me quererá mal em razão de minha indiscrição?

Finalmente, revoltando-me, eu disse:

— Já me desferiu golpes cruéis demais há pouco. Essas suas banais maldades de agora não me atingem mais ou me dão vontade de rir.

Ela me olhou com olhos ofendidos. Jogou o papel sobre a mesa e se afastou sem dizer palavra alguma, rígida e desdenhosa como uma mulher ferida por um brutamontes.

Voltou depois de quinze minutos. Encontrou-me arrasado, com os dois cotovelos sobre a mesa, o queixo em minhas mãos e as bochechas encharcadas de lágrimas.

Teve uma reação de irritação:

— Meu Deus, que infantil! Sempre chorando.

Depois, condescendente:

— Vamos, console-se, meu querido. Você está arrependido de suas maldades de agora há pouco. Mas acabou, vai, não estou mais com raiva.

Beijou-me na testa e, com seu dedo cutucando meu lábio, disse:

— Olhe só, bebezinho, dê uma risadinha... Já está perdoado...

Minha boca se enrijeceu com um sorriso doloroso.

Aplaudiu:

— Muito bom, meu bebezinho! O senhor é gentil. Gostamos de você, apesar das inconstâncias de seu caráter.

Num movimento brusco, tomou minha cabeça. Beijou-me com força e por muito tempo. Interrompia sua longa carícia para dizer:

— Oh! Meu amado... Oh! Meu pequeno filhinho querido...

Ainda afirmava:

— Está bem, pode me fazer sofrer o quanto quiser, jamais deixarei de amar você.

Sentia que os beijos eram sinceros em seu nervosismo. Mas poderia estar agindo de boa-fé ao me acusar?

Talvez. Algumas mentes são espelhos tão distorcedores.

Além disso, confessou:

— Temo ter dado respostas um pouco duras. Eu te amo tanto, as ofensas vindas de você são tão cruéis para mim... Como você, que é tão inteligente, não é capaz de compreender todo o amor que há na violência de minhas réplicas? Como não é feliz?

Ah! Lisa, misteriosa Lisa... Você é uma malvada que faz brincadeiras e calcula, que acarinha para fazer sofrer mais com a dor que infligirá? Você é uma neurótica que ama e deseja espontaneamente, inocente tanto em seus golpes como em seus beijos? Em ambos os casos, você é terrivelmente infeliz, e a mulherzinha, esboço incompleto e tão doloroso, ainda reserva lágrimas para você, profundo inferno de sofrimento e de ódio, ou quiçá, ou sobretudo, um pobre brinquedo de seus nervos, miserável destroço levado pelos ventos contraditórios de não sei que loucura, ferido e rasgado por todos os penedos do amor e do ódio.

Você me chama, Lisa, e sua voz é doce, infinitamente. Corro até você; corro para levar até você minha

ternura invicta e também um dó bastante profundo para que você não o perceba de jeito nenhum.

‡

24 DE JULHO

IX

Ontem não tive tempo de escrever o desfecho da cena atroz.

Acabamos lendo juntos, dóceis como amigos, a carta de Jean Provençal. Vou espetá-la aqui neste caderno.

Meu velho amigo,

Onde foi que você se escondeu? Está em Reber? Estas palavras chegarão até você?

Quanto a mim, esse verão pavoroso me irrita. Tenho que deixar Paris de qualquer forma. Você sabe como sou indeciso. Eu já teria partido, se soubesse me decidir por uma vilegiatura ou por outra. Tomar uma decisão: está aí uma coisa difícil.

Se soubesse o lugar onde você está, eu teria um motivo para escolher.

Se esta carta chegar até você, escreva-me de volta, que eu fecho minha mala; o cafajeste aqui, louco pra te possuir, não vê a hora de dar as caras.

Tenho muitas coisas para contar. Não as posso escrever em uma carta que talvez nunca chegue até você. Já é muito se eu ousar te beijar fraternalmente.

Jean Provençal

P.S.: Louise Navel reclama que você não dá notícias. Sua irmã Lisa é uma pequena mal-agradecida que desapareceu pouco tempo depois de você e que fica tão muda quanto você. Mas a gente sabe onde ela está: tio Isidoro a viu em Granville.

Entende-se perfeitamente que Jean Provençal não ignora nada, e eu o disse a Lisa, e que o melhor a se fazer seria partir, como ela queria no outro dia.

Ela tem uma opinião totalmente diferente:

— Que diferença faz para nós que alguém saiba? Você não imagina, eu suponho, que nossa ligação possa permanecer ignorada ou até que possamos permanecer desaparecidos por muito mais tempo. E depois: acredito que sumir seja covardia. Quero declarar perante todo o mundo que te amo. E você, teria vergonha de mim?

Continuou com carinhos de carícias e palavras. Acabou por dizer que deveríamos convidar Jean Provençal para passar o verão conosco:

— Nós nos entediamos sozinhos nesta casa grande demais, nesta terra deserta onde só encontramos camponeses. Seu amigo é uma companhia animada. Não vamos recusar o remédio contra o tédio que a ocasião nos apresenta.

Colocar Jean Provençal entre nós!... Essa ideia me molesta com lembranças e me assusta. Mas nenhum dos motivos que tenho para fugir daquele antigo colega podia ser dito a Lisa. Opus resistência por um tempo, com pretextos ruins. Ela quebrou as armas frágeis. Acabei por ceder, naturalmente.

Escrevi a Jean um convite afetuoso, que Lisa quis assinar depois de mim. Ela acrescentou algumas palavras dizendo que me ama para sempre e que está perfeitamente feliz.

30 DE JULHO

Jean Provençal chegou hoje de manhã. Provavelmente, não terei um minuto sequer para anotar os fatos e as impressões. Aliás, mais vale permanecer vigilante do que contar minhas inquietudes... Bom, vamos lá, que alguém já está me chamando.

‡

21 DE AGOSTO

Ontem foi inaugurada a temporada de caça. Jean Provençal não poderia faltar a uma ocasião dessas. Já às cinco horas da manhã partiu para se juntar a um bando de caçadores. Eu sempre rechacei esse prazer cruel.

Uma semana atrás, Lisa tinha me pedido para eu ir passar o dia com ela na casa de nossos primos em Vitrolles. Eu tinha escrito a esses primos para comunicar a eles nossa visita. Responderam com uma carta amável.

Quando me levantei, por volta de meia hora antes da partida de Jean, Lisa ficou na cama. Queixou-se de indisposição. Oh! Nada, uma simples dor de cabeça e um vago mal-estar geral. Mas o ar livre e o movimento do carro agravaram seu estado. Precisava de repouso total, de escuridão e de solidão. Eu quis enviar aos primos um telegrama de desculpas e ficar junto à adoecida. Ela exigiu que eu a deixasse sozinha e partisse para Vitrolles. De início, exigiu delicadamente, gentilmente; depois, com rispidez. Recomeçavam as palavras maldosas. Consenti-lhe seu desejo, sobretudo para evitar o dia atroz que se preparava.

Aliás, desde a chegada de Jean Provençal, Lisa estava insuportável. Não havia um dia em que não fizesse alguma cena odiosa e, na maior parte do tempo, na frente de nosso amigo. Não houve uma hora sequer sem suas provocações, que me desolavam com uma ofensa que eu devia engolir em silêncio.

Ontem me ocorreu uma terrível suspeita diante desses preparos para fazer com que eu me afastasse. De início, tirei-a da cabeça. Ela se impôs de imediato, clara, precisa, zombeteira como uma certeza que se procura negar com reticências. Negligenciei-a por cansaço. "Paciência! Graças a Deus! Não se pode continuar vivendo assim. Oh! Que eles vão embora, se quiserem, será um livramento!"

No entanto, ardi numa febre inquieta o dia inteiro. Na volta, o veículo me irritava por causa de sua lentidão.

Demorei a descobrir, ou melhor — porque naquele momento já não duvidava mais —, a enxergar, a constatar.

No quarto onde tentei ser feliz, encontrei duas cartas sobre a cômoda.

Meu amor,

Tenho um caráter intolerável. Por mais que eu te ame muito, faço você sofrer constantemente, justo você que mereceria tanta felicidade. Não posso dar maior prova de amor senão livrando você da minha presença. Desejo, de coração, que encontre uma companheira melhor que eu, e que junto dela encontre toda a serena alegria que me sinto incapaz de dar a você.

LISA

Meu velho amigo,

Uma questão urgente me impede de aguardar seu retorno. Encarrego nossa amiga Lisa de transmitir a você meu adeus e minhas desculpas. Espero que ela não vá se esquecer dessa importante missão.

Um leal aperto de mão do seu

Jean PROVENÇAL

Pobres imbecis que sentem a necessidade de ironizar. Então partiram juntos pelo simples prazer de me fazer sofrer e são incapazes de sentir qualquer alegria, por isso se entregam a brincadeiras tão pesadas assim?

A menina que não fui tem quase vontade de lamentar essas pobres almas que não foram.

PARIS, 26 DE AGOSTO

De início, foi como um atordoamento quase sem dor.

Depois, na casa deserta, fui invadido pelo horror de estar só. Terrores loucos me sacudiam. Os mortos assombravam minhas insônias. Davignon aparecia com

maior frequência. Ora eu o via na colina, onde dizia a ele: "Você vai morrer"; ora no pátio, onde, oh, alegria, oh, vergonha, oh, arrependimento de não ter concluído, quase fui seu "querido". Outras vezes, estava deitado, rígido e mais belo, sobre sua cama entre dois círios iluminados.

Ele desaparecia, e uma ciranda de crianças ignobilmente alegres dançava em volta de mim, berrando "A mulherzinha é viúva!"

Vieram outros mortos que amei, que conheci, que mal vi. Era tio Bertrand com carícias tão ternas; era tia Désirée com a voz rude, o olhar rude, a mão rude; era o senhor diretor da Instituição Saint Louis de Gonzague, e condiscípulos, e gente de Reber. Tia Mélie chegava, zombeteira. Caçoava daqueles que abrem suas janelas para a vida. Dizia, com seu pavoroso guincho: "Feche tudo, feche tudo! Não olhe para a vida: a vida é a morte que para. Não olhe para o dia: o dia é a noite que vem. Não olhe para o amor: o amor é o ódio que logo deixará de se disfarçar."

Fui embora. Fugi dos espectros. Em pleno verão, fui buscar refúgio em Paris... O que vou fazer? Não sei. Lisa me arrancou toda a coragem. Eu não teria mais forças para morrer. Não teria mais forças para me preparar, escrevendo minhas vergonhas de criança e de rapaz.

Fecho também este caderno que afirma minha tentativa de livro. Não terei mais nada que escrever aqui e sua leitura não me interessaria em absoluto. Não sei morrer: minha vida está nada mais nada menos do que acabada.

‡

XI

Meses depois, reabro o caderno de minhas aventuras femininas. Tenho dois ou três capítulos a acrescentar, capítulos de beleza nobre e elegância harmoniosa. Seria um crime deixar que recordações tão preciosas se perdessem.

Porém, contentemo-nos simplesmente em narrar. Essas coisas sequer valem uma ironia.

Os espectros, que em agosto passado me expulsaram de Reber, me perseguiram em Paris. E aqui os vivos aumentaram a trupe perseguidora: era Biradiou, era Carminé, era Dargaud, Signoret e mais outros vinte, todos aqueles que me deram alguma alegria infame ou que me inspiraram algum desejo. Era principalmente um deles, cujo nome não quero escrever, aquele dos meus piores aviltamentos e das minhas piores infelicidades. Sim, depois de sua última traição, tive a covardia de deixar meu sonho se perder rumo ao nosso passado comum. Em vão, minha razão se indignava. Meu corpo ávido de carícias se lembrava e, não contente em renovar a ignomínia das antigas emoções, seu estremecimento convocava novas vergonhas.

Na solidão, eu não lutava contra a lembrança e o desejo senão para alcançar sucessivas derrotas. Mal me deitava em minha cama deserta, os mortos se erguiam ao meu redor: Davignon começava a falange deles; quando me agitava por muito tempo sob o contato dos dedos gelados, quando obrigavam minha mão trêmula a acariciar por muito tempo o horror frio de seus corpos, os vivos chegavam e o calor de seus beijos me aquecia por um instante. Mas aquele que não quero nomear aparecia, imperioso; seu gesto expulsava a tropa timorata e ele permanecia o único mestre de minha alma e de minha carne, de meu passado, de meu presente, de meus arrependimentos e de meus irrefreáveis sonhos para o futuro. Se meus olhos se enchiam de lágrimas, a ausência que eu chorava não era

nem a de Lisa, nem a de algum morto, nem a de qualquer outro vivo a não ser a dele. Se, por artifícios físicos que não quero descrever, eu clareasse um momento do passado, a alegria ressuscitada com a qual eu povoava o vazio atual não era de modo algum uma carícia de Lisa, nem um fremido de Davignon ou de Carminé. Eu adormecia, por fim, dentro de uma febre frouxa, esbanjando volúpia àquele que merece todo o meu ódio.

O sono não lhe arrancava sua presa. O sonho suprimia, a princípio, os anos mais recentes e começava numa trilha onde aos espinhos se misturavam algumas flores. Mas sempre, através de caminhos diversos, terminava em espantos desesperados.

Algumas vezes, eu amava o traidor à beira-mar. Depois de ter desfrutado de mim, ele me chamava para tomar banho com ele. Acabávamos de entrar na água e ele apoiava a mão sobre minha cabeça e a afundava em horrível sufocamento.

Na maioria das vezes, era na colina de Mourres, deitado perto de um rochedo, que eu tinha a alegria de sentir que dava alegria. Refestelado de volúpia, o outro se levantava. "Espere por mim ali", dizia. Passava por trás do rochedo. Eu ouvia barulhos ameaçadores. Tentava gritar minha inquietude: "Jean, o que está fazendo? Estou com medo..." Em minha goela árida, minha voz se engasgava. Embora as palavras não pudessem ter sido proferidas, o miserável respondia. Tranquilizava-me: "Não saia daí, não saia daí: já volto." Mas os barulhos estalavam, mais fortes, mais expressivos, mais aterrorizantes. Minha angústia queria desobedecer, minha angústia queria fugir. Ai de mim! Estava amarrado. Paralisado de desespero, aguardava. Ouvia meu fôlego barafustar de terror e de horror. O rochedo se turbava como se titubeasse; depois, começava a avançar lentamente. Esmagava minhas pernas, minhas coxas, esmagava meu ventre e meu peito. Enfim, enquanto eu tiritava numa agonia imóvel, o peso da pedra triturava meu queixo, triturava minha boca sob

um brutal beijo de morte; uma noite opressora como um universo recaído no caos apagava meus olhos esmagados e eu sentia, através das fissuras de minha testa, através das fissuras de meu crânio, meu cérebro pular para fora e, com o peso que continuava a exercer sua força, ele ser reduzido a uma papa. Veio, então — numa dor tão aguda que em certos momentos eu não conseguia reter meus gritos —, o sobressalto do despertar.

Um horror morno ocupava as trevas vazias. Mas logo os pontos se agitavam em vagas penumbras fantasmagóricas. Depois, os espectros se definiam, se multiplicavam, povoavam tudo ao meu redor. Tornavam-se exigentes, ameaçadores. Suas mãos frias agarravam minha mão e, por cima de minha boca, o gelo de seus lábios se derretia em sânie. Apesar dos horrores nos quais o sonho sempre morria, eu chorava apelando para as carícias ignóbeis e paralisantes deles, como um veneno, o refúgio, o terrível, o horrível refúgio do sono.

Certa manhã, exaurido, doente de medo, decidi não dormir mais sozinho por algum tempo.

Naquele dia, depois do jantar, fiz uma longa caminhada a pé. Queria, à custa da fatiga, obter o sono sem sonho. Errava um pouco ao acaso. Por volta de onze horas, passei pelo Bulevar Saint-Michel. À esquina de uma rua, um grande café me cativou com suas luzes pródigas e sua rica ostentação de carne à venda. Sentei-me no terraço. Uma mulher já veio falar comigo:

— Me paga um chope?...

Olhei para ela: era jovem; a figura, ordinária, mas o corpo parecia bem constituído. Acenei para que ela se sentasse e pedisse. Engoliu o chope e perguntou:

— Quer passar uma hora comigo?... Moro aqui pertinho.

— Uma hora, não. A noite, sim.

— Quanto vai me pagar?

— O que quiser.

— Ah! Você sabe, eu não sou nenhuma mulher do

Liceu d'Harcourt[10], não. Ando com uns amigos que são muito chiques. Vim parar aqui hoje à noite por acaso. Aliás, é só olhar pra mim: dá pra ver que não sou daquelas que precisam rodar a bolsinha...

Ela viu meu sorriso. Respondeu ao meu pensamento:

— Ah! Você é outra história! Você é tão bonito. Primeiro, vou te pegar.

Prosseguiu, com olhares carinhosos:

— Acho que tô com uma bela duma paixonite por você. Se a safra não tivesse tão ruim, não te cobrava nada.

Depois, precipitou a conclusão:

— Cê me dá um luís[11], que tal?

Estava quase entretido com suas maneiras. Disse-lhe, sorrindo:

— Já que a temporada está ruim, dou-lhe dois.

— Ah! Assim eu fico doida por você, é isso que você quer?

Saímos juntos. Ela me levou até um quarto sórdido. A cama não parecia limpa. Por um minuto, tive vontade de partir. Mas vi meu quarto e os gestos ameaçadores dos espectros que me aguardavam. Todo arrepiado, igual a uma criança perseguida por um inimigo que se joga ao colo de sua mãe, me lancei aos braços daquela mulher.

Meu movimento teve algo de realmente pueril. Despertou nela um quê de materno, inconscientemente. A carícia de seus braços fechados e de sua mão afagadora foi extremamente doce para mim.

Que lástima! Assim que nos deitamos, seus gestos

---

10 Hoje rebatizado de "Lycée Saint-Louis", o Collège d'Harcourt foi um colégio da Universidade de Paris, fundado em 1280. Até a segunda metade do século XX, os arredores do Quartier Latin e do Bulevar Saint-Michel eram conhecidas zonas de prostituição.

11 Em vigor de 1801 a 1914, a moeda dourada de um luís correspondia a 20 francos.

e suas palavras se tornaram reflexos profissionais.

— Você vai ver como eu sou boa nisso.

E ela começou com as carícias preliminares. Repeli sua mão:

— Não, hoje à noite não.

Ela olhou para mim, estupefata:

— Você dá dois luíses — surpreendeu-se — e não quer fazer amor!...

Ela quase se indignou. Mas se acalmou: acabava de compreender. E, com os lábios entreabertos em um sorriso, os olhos brilhando de malícia, um dedo agitado com uma ameaça de brincadeira:

— Ah, já tô entendendo. Cê vai me pedir uma safadeza daquelas!

Ela se soltou toda. E ria:

— Como seus olhos são safados, sabe, meu bichinho... Mas você é tão bonito. Vou te pegar, de verdade. Não precisa fazer cerimônia comigo. É só pedir: vou fazer tudo o que você quiser.

Minha mão se esfregou em seu corpo bem desenhado, e respondi:

— Só quero dormir com você.

Ela se assombrou. Enganada pelo gesto da mão, disse com voz rouca:

— O senhor não me acha bem-apessoada, aposto. Olha, queridinho, pode acreditar que existem aqueles que entendem disso um pouco mais do que você e que não teriam a mesma opinião. Fui modelo, sabe, e não dos artistas pobretões; era em ateliês de pintores muito chiques.

— Minha cara — disse-lhe —, jamais faço amor. Só quero dormir com uma mulher bem-apessoada.

Olhou-me no fundo dos olhos:

— Já entendi. Como você me encontrou no d'Harcourt, tem medo de que eu esteja doente. Mas pode olhar: não existe mulher mais sã e mais limpa que a Titine aqui.

Pois bem! Então ela se chamava Titine e sentia a necessidade de me contar isso.

Tive de rechaçar novas investidas. Acabou declarando:

— Enfim, faça como quiser. Eu fico bem feliz em só descansar, você me entende?

E com um tom penetrante:

— Azar o seu.

Acrescentou, bem-comportada:

— Amanhã, se você quiser, vou estar por aqui.

Dormi bem. Duas ou três vezes o sonho ruim voltou. Mas sentia uma presença protetora junto a mim. Um esforço contra o inimigo me acordava às vezes. Minha mão procurava, acarinhava um pouco alguma bela curva para ter certeza, sobretudo, da constatação de que eu não estava só. Uma vez, murmurei, comovido pela gratidão:

— Querida!

Ela perguntou, em seu sono um pouco confuso:

— Quer fazer amor?

— Não, querida. Durma.

Sua preocupação obsessiva me fez sorrir. E pensei: "Titine, você é mulher, sem tirar nem pôr."

Acordei tarde, descansado, calmo, quase contente. Beijei aquela a quem devia a noite tranquila. Ela interrogou, estendendo os braços:

— Não quer fazer amor?

Quando estávamos vestidos, perguntei:

— Titine — eu começava a me acostumar àquele nome e até mesmo a achá-lo divertido —, Titine, quer passar o dia comigo?

— Quero, sim. O que a gente vai fazer?

— O que você quiser.

Refletiu por um instante, sem dúvida hesitando entre vários projetos. Antes de escolher, perguntou, prudente:

— Você tem muita grana?

— Não se preocupe com esse detalhe.

Surpreendeu-se, contente:

— Bom saber disso, sabe... Numa peça que vi em

cena no teatro Montparno[12], na época em que eu era modelo, tem um senhor importantíssimo, alguém fala com ele sobre bufunfa. Ele diz: "Não se preocupe com esse detalhe!" E não é que você falou igualzinho a ele?

Ela acrescentou:

— Se você quiser, a gente vai almoçar no d'Harcourt. O rango até que é bom lá. Depois, você pode chamar um fiacre pra me levar à festa de Saint-Cloud. Quer que a gente vá de carro?... Nossa, vai custar mais caro do que ir de barco ou de bonde... Vai ter que desembolsar mais de vinte francos de transporte.

Eu sorri:

— Apanharemos um fiacre.

Ela aprovou:

— Tá certo, se isso não te incomodar. É bem mais chique.

Depois do almoço, mandei o recepcionista do café chamar um veículo na estação logo à frente. Não fazia o gosto de Titine:

— Não, você não tá entendendo, a gente não pode ir tão longe assim com um cocheiro qualquer. Várias vezes já caí com cada malcriado... Conheço um na estação da rua Soufflot que é bem gentil. Quer que a gente vá ver se ele está lá?

Lá estava. Chamava-se François, igualzinho a mim. O nome de Titine cessou por completo de me soar ridículo.

Na travessia do bosque, por alguns instantes, Titine se agarrou a mim:

— É bacana aqui — dizia.

Às vezes, de fato, a paisagem era graciosa.

A moça conversou repetidas vezes com o cocheiro. Era um rapazinho bastante jovem, espadaúdo, parrudo, feio e vigoroso. Titine, reparando que eu observava

---

12 Fundado em 1886, o Teatro Montparnasse existe até hoje. Naquela época, encenavam-se ali sobretudo peças populares.

aquelas costas largas, me perguntou:

— François é um tipão, não é verdade?

Titine me arrastou para todos os jogos populares. O de girar ao redor dos porquinhos era sua maior alegria. Giramos muito ao redor dos porquinhos[13].

Às quatro horas, lanchamos num café qualquer:

— Você devia convidar o François — insinuou Titine.

Já que estava baixando o nível, era melhor ir até o fim. Convidei François. Ele rapidamente ficou à vontade. Contava de boca cheia histórias de cocheiros que deviam ser muito divertidos, pois Titine e ele riam como dois loucos. E Titine, entre suas risadas, cacarejava:

— Esse François é muito engraçado mesmo! Não, falando sério, ele é muito engraçado!

Estávamos de volta ao d'Harcourt por volta das sete horas.

— Sabe o que a gente podia fazer agora? — disse Titine. — Você paga o François e toma um aperitivo aqui. Preciso passar na minha casa. Volto em cinco minutos e a gente vai jantar onde você quiser.

Concordei. O cocheiro disse:

— O senhor foi muito generoso comigo. Eu posso levar a senhora até sua casa e ainda por cima trazê-la de volta.

Titine saltou no fiacre. Voltou-se para mandar um beijo.

— Até daqui a pouco, meu chuchuzinho!

Aguardei durante quinze, vinte minutos. Depois, entendi. Ela não voltaria. Estava com o cocheiro François, que, sem dúvida, não pedia mais nada além de "fazer amor".

‡

---

13 Provavelmente se trata de um jogo que consiste em lançar ao chão bonecos em forma de porquinhos. A pontuação de cada jogador varia conforme a posição em que o boneco cai.

Deitei-me todas as noites e passei dias com outras Titines do d'Harcourt. Eu não ia mais aos quartos delas, banho de infâmia. Conduzia-as até minha casa: a precisão de seus corpos e a realidade grosseira de suas palavras metiam medo nos espectros.

Logo ganhei fama entre elas. Assim que me avistavam, apontavam o dedo:

— Olha lá, é o cliente que nunca faz amor!

Vinham se sentar à minha mesa, sem cerimônia.

— Me leva hoje à noite? Tô esgotada... Vai ser mão na roda.

Quando alguma delas me agradava, eu a mantinha por três ou quatro dias. Porém, por mais que eu fosse o "cara chique", rapidinho ela sentia falta de algo e acabava me "dando o cano". Ela voltava tempos depois, quando estava "esgotada", e eu a acolhia sem rancor.

Aos poucos fui sendo tomado pelo tédio dessa mudança contínua. Teria gostado de ter uma mulher, sempre a mesma, que demonstrasse algum sinal de afeição por mim. Uma vez ou outra, a saudade de Lisa claramente me mordia. Quanto mais o outono adentrava, tornando as noites longas e os dias melancolicamente escuros, mais eu era invadido por uma necessidade de vida íntima.

Certa noite, no Bulevar Saint-Michel, andava sem rumo com minha tristeza, agitado por um desejo e por um pavor do d'Harcourt. Uma voz de jovem mulher ainda não roufenhada pelo álcool me deteve. Suas palavras me surpreenderam com uma esperança.

— Não, não saio — dizia ela. — Não tô mais saindo com homens. Os homens são uns brutos.

Voltei-me. Não conhecia aquele rosto. Ao menos nunca o vira em mulher viva alguma. Pois juro que era, sim, o perfil da Vênus de Médici.

A mulher sentiu meu olhar percorrê-la. Voltou-se, hostil. O homem que ela tinha rejeitado se afastara.

— O que é que esse palhaço ainda tá querendo? — ela disse.

Dirigiu-me um olhar duro e um esgar de desdém. Era pequenina, quase infantil. Seu corpo magro ainda não tinha a flexibilidade da mulher, e sim a rigidez virginal. Recompôs-se, leve e contraída como uma flor intacta que ainda nem mesmo se abrira. Mas o sorriso tinha um não sei quê de equívoco e de lassidão, que repele as coisas conhecidas. E até o corpo incerto, de garoto ou de garota, dizia que sua repulsa era múltipla e que homens devem ter dado a ela demonstrações de diversas brutalidades.

Apesar de tudo, um encanto emanava dela, complexo e inebriante. Além disso, aquele ser inexato, ferido pelas virilidades e exigências, talvez gostasse de minha meiguice como um refúgio seguro.

Perguntei ao bichinho adorável e agressivo:

— Então, você não gosta dos homens?...

— Pode ter certeza que não. São todos uns brutos.

Insinuei:

— Talvez nem todos.

Deu de ombros:

— E você acha que é o primeiro que me diz isso?

Mas proferi palavras decisivas:

— Quer ganhar cinco luíses?

Seu olhar me sondava com desconfiança. O exame a tranquilizou, sem dúvida.

— Cinco luíses? — repetiu. — Claro, vou com certeza.

Chamei um fiacre.

Já dentro do veículo, agarrei-me a ela, numa pressa de gozar com aquelas formas deliciosamente equívocas e delicadamente sóbrias.

— Como você se chama?

— Blanche.

— Pois bem, Blanche, ouça. Pode ser que neste instante você tenha acabado de encontrar sua felicidade e que eu tenha acabado de encontrar a minha felicidade.

— Que você tá papagueando aí?

— Você não gosta dos homens porque são bestas intratáveis. Quanto a mim, as outras mulheres me enojam

porque só gostam de brutalidade no homem.

Seus lábios sorriram, mas seus olhos se transformaram em duas flores de curiosidade.

Prossegui:

— Veja bem, eu adoro me deitar com uma mulher, principalmente quando ela é quase uma criança. É bonito, um corpo de jovem moça. Minhas mãos e todo o meu corpo ficam contentes em tocar algo bonito. Além disso, também gosto dos pequenos carinhos muito delicados, muito amigáveis. Mas o amor é uma safadeza que me causa asco.

Ela interrogou, ansiosa por uma nova esperança:

— Isso que você tá dizendo é verdade mesmo?

Estava comovida, como se um paraíso se aproximasse, até agora sem suspeitas, mas, talvez, por um infortúnio, fosse apenas uma miragem.

Afirmei entre roçadelas leves e lentas, tão penetrantes e persuasivas quanto minhas palavras:

— Sim, é verdade. E você vai ver como seremos felizes. Estarei perto de você como uma irmã ou, se preferir, como uma mulher apaixonada por seu corpo de menino.

Ela riu:

— Se for por uma noite, prefiro que você seja minha irmã. Se for por alguns dias, daí podemos trocar de tempos em tempos.

Ah! A embriaguez que me vinha de sua beleza feminina e pueril, e de seus espantos, de seus risos! A esperança fermentava em mim como um vinho jovem.

Eu disse em tom profundo:

— Quem sabe não é para sempre... Se você puder me amar um pouco e se você jamais quiser que eu me torne um brutamontes...

— Olha, você é bacana, viu? Não vejo razão para não te amar.

Ela me beijou. Olhou para mim por muito tempo. Em seguida se jogou, infantil, sobre meu corpo inteiro. E seu sorriso respondia ao meu sorriso, e seus olhos riam aos meus olhos.

— É verdade, concluiu, você é todinho fofo. E você quase se parece com uma garota.

— Quando eu era criança, por ser delicado demais, e por causa de meu rosto feminino e de meu corpo franzino, me chamavam de "a mulherzinha".

— É um belo nome... E depois, você é educado e fala bem pra caramba, como uma mulher grã-fina.

Depois de um silêncio, acrescentou:

— Já eu, sempre sonhei em ter um amante que fosse rico, educado, e não intratável... Uma mulher rica também não seria nada mal...

A noite foi deliciosa. Acordei imerso em felicidade. Trocávamos castas carícias cada vez mais emocionadas e sentíamos que nossos corpos se agradavam.

Pela manhã, tive o desejo de ver e tocar sua beleza nua. Ela consentiu, sem objeções. Eu lhe disse, na alegria palpitante de minhas mãos e de meus olhos:

— Você se parece com uma estátua da qual eu gosto e que vou mostrar para você. Mas seu corpo me agrada mais ainda porque não tem mais seios do que um jovem rapaz.

— Ah, conheço essa sua estátua! É a Vênus de Médici. Tinha um escultor que me levava para vê-la o tempo todo.

Blanche tinha vícios encantadores e suaves, vícios capazes de me regozijar e de me satisfazer. Cada vez mais se apegava a mim; cada vez mais eu me apegava ela. Posso chamar de amor o sentimento que nos unia? Não sei. Mas nos tornávamos cada vez mais necessários um ao outro. Se alguma questão urgente nos separasse, eu ficava triste e, ao voltar, ela alegava ter ficado triste.

Tínhamos jogos esquisitos, sobre os quais não quero falar. Assinalo apenas um deles. Durante os longos dias que passávamos em minha casa, adquirimos o hábito de trocar de roupas. As saias eram curtas demais para mim; as calças, um pouco longas demais para ela. Ela as dobrava rindo; e ria também ao ver minhas meias.

Houve uma época em que saíamos muito pouco porque ela se aborrecia de se vestir de mulher e eu me

aborrecia de me vestir de homem. Somente algumas vezes jantávamos no restaurante e, de lá, íamos ao teatro.

Eu perguntava:

— A qual peça você prefere assistir hoje à noite?

Blanche respondia invariavelmente:

— À mais distinta.

Pois Blanche manifestava gostos aristocráticos. Livrara-se de suas gírias. Na rua, quando ouvia um palavrão grosseiro, fazia, como em um contato brutal, um movimento de recuo. No espetáculo, personagens, sentimentos, palavras nunca eram distintos o bastante. Eu a levava de preferência à Comédie-Française, nas noites de tragédia ou de comédia fidalga. E, mais de uma vez — Deus me perdoe! —, ela acusou Racine e Marivaux de falta de distinção.

Passei com ela um mês de algo que se assemelhava a uma felicidade. E um desassossego veio até mim: se eu a perdesse, recairia na solidão, no assombro de espectros ou nas mulheres grosseiras que me abandonavam tão rápido. Procurei, tremendo, os meios para conservar essa situação. Acabei por me decidir que, se seu caráter e sua afeição não fossem desmentidos, eu deveria desposá-la.

Quando confiei a ela minha intenção, respondeu:

— Você tem razão. Seria mais distinto.

— Porém — eu lhe disse —, você tem de estudar antes. Há coisas que minha mulher deve saber. Estudar não vai te incomodar muito?

Ela fez um bico infantil e adorável:

— Aprender é bem chato.

Depois, com os olhos brilhantes como se tivesse visto alguma joia:

— Mas saber é distinto.

Contratei professores para ela. Assisti a todas as lições. Várias vezes eu intervinha, retomava de maneira mais clara, e mais apropriada à inteligência de minha namorada, uma explicação insuficiente.

Ela então dizia, com admiração:

— Você sabe mais que todo mundo!

No entanto, logo tive a impressão de que ela sentia uma certa impaciência quando eu tentava auxiliar seu professor de música. Nesse caso, ela não me dirigia palavras de admiração. Uma vez, inclusive, reparei que mordeu os lábios como se tentasse reprimir uma frase nervosa.

Observei o músico. Era uma grande figura desengonçada com gestos de marionete comprida demais. Os traços caídos ao longo de todo o perfil contrastavam de maneira bufa com bigodes encerados e duros que apontavam para o céu com duas pontas insolentes. Um dia, após a lição, insinuei, contendo-me para não rir:

— Esse músico é muito distinto.

— Sim — disse Blanche, convicta. — O bigode dele, principalmente, é distinto.

Eis que divergências passaram a se manifestar em minha namorada. Ela tinha longos períodos de ausência, sem dúvida com o pensamento enganchado nas pontas do bigode distinto. Ela não escutava o que lhe era dito. Ou, então, era apenas uma estranha e brusca sede de me desagradar.

E a deliciosa andrógina se tornava desagradavelmente feminina. Recusava-se a trocar de roupas comigo; à noite, repelia a suavidade de minhas carícias. Certa noite, insinuou:

— Viu, meu pequeno François, tenho um desejo, um grande desejo. E se nós nos amássemos de tempos em tempos, como todos os amantes se amam?

Fiz um movimento de recuo. Ela se encostou em mim e, entre carícias persuasivas, suspirava:

— Eu queria tanto ser sua mulherzinha, meu adorado. Veja bem, é nojento com aqueles que a gente não ama. Mas você eu amo, eu te amo.

E chorava:

— Você não quer? É porque não me ama. Você ainda não me ama, e eu que te amo tanto, há muito tempo. Oh!

Se você nunca me amar, acho que vou morrer.

Por mais que eu dissesse a mim mesmo "Não sou eu quem ela ama; é o macho. Perto do músico do bigode distinto, sua emoção seria mais viva", apesar dessa certeza, eu estava quase comovido. E, para não me deixar enternecer, rechacei-a com palavras brutais, agressivas.

Após algumas noites, encostada em mim, ela era só carícias. Seu singular peito de adolescente se elevava. De repente, explodiu em soluços:

— Que você tem, minha pequena Blanche?

— Não sei... Tenho a sensação de que me falta alguma coisa.

— Alguém a feriu?

— Não, meu amado. Mas tenho vontade de uma coisa e não tenho coragem de pedir a você.

Calei-me e até meu corpo se afastou do dela.

O corpo delicioso seguiu minha fuga. E as palavras prosseguiram:

— Ouça, meu François adorado... Eu te amo, eu te amo, você não tem ideia do quanto... E ter um filho seu me faria completamente feliz.

Uma vertigem fez girar minha cabeça e meu coração. Uma criança que povoaria nossa casa, que felicidade, de fato! O futuro aparecia para mim repentino como um paraíso todo vibrante de sorrisos pueris, de gestos miúdos e fofos, de olhares puros, de lindas carícias dadas e recebidas.

Mas um escrúpulo jogou um balde de água fria sobre minha emoção. Eu disse:

— Vamos ver.

Ela tomou as palavras por uma promessa. Gravou-as, se me atrevo a dizê-lo, com esta resposta:

— Oh! Quando quiser, meu querido.

E me abraçou loucamente, enquanto de seus lábios choviam beijos de gratidão.

No dia seguinte, fui ver um médico. Comuniquei-lhe meu desejo de ter um filho e expliquei minha fraqueza.

Escutou-me com atenção. Examinou-me com todo o cuidado e concluiu:

— Acredito que o senhor poderia ter um filho. Mas, de acordo com todas as probabilidades, ele não sobreviveria.

Voltei para casa triste, quase desmotivado. Sentei Blanche sobre meus joelhos.

— Ouça, meu amor. Suponho que você me ame o bastante a ponto de eu poder contar tudo a você.

Esse início naturalmente a perturbou. Continuei narrando em detalhes a consulta pela qual eu tinha passado, repetindo as confissões que tinha feito. Blanche pareceu muito emocionada com minha confiança. Beijou-me com ternuras carinhosas, e profundas, e como que protetoras, quase também com enlevos repentinos.

— Oh, meu pobrezinho querido, meu pobrezinho querido... E eu que era má, eu que lhe pedia coisas impossíveis... Um filho, mas eu tenho um filho, não é verdade? O mais lindo, o mais adorado dos filhos? Será que preciso de outra coisa se tenho em meus braços meu pequeno François?

Suas palavras me acalmaram pela metade. Recordei-me das tais consolações de Lisa. Eu já tinha adivinhado que esta aqui, exatamente igual à outra, passado o choque do primeiro enternecimento, me desprezaria. Porém, se eu tivesse mantido o silêncio, minhas recusas incompreendidas chegariam a ponto de me fazer ser odiado.

Ah, como sofri naquele dia em que testemunhei que os bigodes "distintos" de seu professor de música a faziam envesgar!

Ontem tive de me ausentar por uma hora. Ela partiu levando consigo uma quantia bastante importante que eu tinha acabado de receber e diversos objetos de valor.

Eu sei, Blanche, ao lado de que bigodes "distintos" o seu instinto a conduziu. Não lhe quero mal: apesar da mentira tocante de seu peito de adolescente, você é, pobrezinha, apenas uma mulher.

PARTE III

I

SOU INCAPAZ DE MANTER UMA MULHER. ESGOTADO PELO MENOR ESFORÇO, NÃO CONSIGO SATISFAZER MESMO AQUELAS QUE REQUEREM O MÍNIMO AO HOMEM E A SUAS ENERGIAS.

A propósito, exceto Blanche, deliciosa andrógina, todos os corpos femininos enojam minha vista ou minha memória. Que coleção de feiuras é uma mulher ordinária! As pernas são baixas demais, curtas como as patas de um bicho lúbrico. A dupla saliência do ventre e das nádegas, fardos de luxúria como que acrescentados posteriormente, deforma ignobilmente a dupla linha do perfil. Tais quais frutos pesados e apodrecidos entortam um galho, os seios sobrecarregam o busto para a frente, quase arqueando as costas. E as que não são nenhuma composição de grotescos e de nauseabundos inchaços ferem com sua secura angulosa[14].

---

14 No posfácio da reedição de 2013 de *La Fille manquée*, Marie-France David-de Palacio e Patrick Cardon comentam essa passagem problemática, em suas palavras, "de uma rara violência" e misógina: "O momento em que Ryner peca pelo excesso é quando acredita na utilidade de fazer de seu personagem homossexual um misógino convicto. E não se pode deixar de pensar que é sobretudo o autor que se aproveita dessa oportunidade para ajustar suas próprias contas [...]" (*La Fille manquée, op.cit.*, p. 141). Em sua tese de doutoramento, Gilmara Viviane Castor de Andrade, referindo-se ao *Massacre des Amazones*, observa, de maneira muito pertinente, a misoginia do autor em seus escritos sobre as *bas-bleus*: "A crítica sobre as escritoras era na maioria das vezes de autoria masculina, frequentemente se limitava a analisar os escritos do ponto de vista biológico e psicológico, e não por suas qualidades estéticas. As palavras endereçadas às obras das autoras eram às vezes de hostilidade." Em: ANDRADE, Gilmara Viviane Castor de. *Estética impressionista na obra de Anna de Noailles*. Tese (Doutorado em Estudos da Linguagem) – Centro de Ciências Humanas, Letras e Artes, Universidade Federal do Rio Grande do Norte, Natal, 2018. p. 30.

Algumas vezes sonho com Blanche. Na maioria das vezes, minhas nostalgias convidam corpos de adolescentes. Biradiou, Carminé, Davignon, Dargaud, Signoret, Jean Provençal, vocês sentem ao longo de seus torsos, vocês sentem no mais íntimo de seus seres o tremor longínquo de minhas mãos e a emoção de minha boca?

A própria Lisa, que por tanto tempo me pareceu uma beleza perfeita, se torna nauseante quando meus olhos, meus braços, meus flancos, minhas coxas e meus lábios se recordam.

No Louvre, fujo da Vênus de Milo, luxúria e não beleza, grega tardia das ilhas, pesada de Oriente e de decadência. A longa venustidade das Dianas quase me satisfaz. Mas é diante dos Apolos, dos Antínoos, do hermafrodita de Velletri que sou detido pelas alegrias perfeitas, as alegrias inesgotáveis. E também diante das esbeltezas entrelaçadas de certos grupos de lutadores. Entre as mulheres pintadas no primeiro andar, somente uma me interessa, aquela altiva Joana de Aragão de sóbria beleza, retratada por Rafael. Ainda assim, meu desejo a desfeminiza. Outro dia, ao deixá-la, surpreendi-me dizendo-lhe a meia-voz este estranho adeus: "Prefiro seu irmão." Não olho mais para as outras, exceto para a Salomé, de Luini, com quem às vezes cruzo com olhar odiento: seu rosto tem semelhança tão hostil com o rosto de Lisa, e seus olhos falsos repetem com precisão tão ofensiva uma mentira conhecida. Até os maravilhosos andróginos de Leonardo da Vinci, Baco e São João, são femininos demais para mim. Amo-os como retratos do que posso dar, e não como retratos do que eu gostaria.

Entretanto, não retomei as carícias viris. Não quero retomá-las.

Para fugir dos espectros que, desde a partida de Blanche, vêm de novo me perturbar com terrores e desejos, busquei refúgio em vagas satisfações solitárias. Viajei

correndo de museu em museu com um guia Baedeker[15] em mãos. Em seguida, vivi durante semanas no lago de Reber. Trancafiado num pequeno iate atraente, deitado noite e dia, ora na cama, ora na rede, ora sobre almofadas trocadas de lugar a cada segundo, eu sonhava, lia páginas doces e vagas: Lamartine, os Lakists[16], *Volúpia*, de Sainte-Beuve, as pieguices parvas, mas acalentadoras, de Rodenbach.

Eu usava vestidos suntuosos. Meus dedos eram carregados de anéis, pulseiras mordiam meus pulsos, colares enrolavam meu pescoço com todo um arrepio de beijos frios.

Várias vezes ao dia eu trocava de brincos, ora satisfeito com as pérolas leves, ora regozijado por sentir minha carne puxada, quase rasgada pelo peso das gemas. Vivia rodeado por cãezinhos carinhosos.

Subia um instante à ponte para me entregar à brisa marinha como a um beijo brutal. Depois, voltava a descer a minha grande cabine ébria de perfumes; e era um banho muito suave e ao mesmo tempo sufocante que me penetrava. Também meus olhos tomavam um banho singular, um banho de mim mesmo: o teto e as paredes estavam cobertos de espelhos que aumentavam o quarto, e eram povoados de perspectivas sem-fim de minha própria forma, com definições variadas.

Por esses artifícios inocentes, eu esperava enganar as avidezes de minha natureza feminina. Não conseguia muito bem. A verdadeira alegria me parecia sempre consistir em fazer um belo corpo de macho tremer de volúpia. Dois homens de minha equipe me esporeavam

---

15 Os guias de viagem Baedeker, fundados pelo editor e tipógrafo Karl Baedeker (1801-1859), são publicados até hoje. Desde sua criação, tornaram-se célebres pela exatidão e abundância de informações.

16 O personagem se refere, sem dúvida, aos poetas pré-românticos ingleses.

de desejos, e a beleza já robusta do grumete me comovia a ponto de eu chorar. Eu fugia desses seres tentadores.

Certo dia, cometi a imprudência de conversar com o grumete. Ele estava despido até a cintura. Tremelicando todo de vergonha e de alegrias pregressas, coloquei sobre seu ombro a minha mão cheia de anéis. E meus dedos desceram, voluptuosos, ao longo de seu braço sóbrio de adolescente. Meus lábios se estenderam até os botõezinhos rosa que marcam o lugar dos seios. Após uma luta assustadora e esmerada, meu vício venceu minha vontade. Disse ao menino:

— Venha comigo.

Como ele ia me acompanhar — realmente acredito que o delicioso pestinha tinha compreendido! —, senti para comigo mesmo e para com meus instintos indomados um horror tão vomitivo que me precipitei no mar.

Ai de mim!, fui salvo. Recuperei imediatamente as roupas de homem e me refugiei em Paris.

Voltei à minha antiga decisão. Vou continuar minhas memórias e, assim que as tiver terminado, um tiro de pistola libertará a menina que não fui.

Esforcemo-nos para retomar com calma o meu passado, do ponto em que eu o tinha deixado.

‡

II

As férias me separaram de Emmanuel Carminé. Minha tia Désirée, cujas vontades eram soberanas, jamais consentia em deixar Paris. (Creio ter descoberto, desde então, que ela era amante de um funcionário de baixo escalão do banco e não podia passar um dia sem vê-lo.) Tornei, portanto, à casa hostil. As três mulheres ali foram menos brutais, porém mais negligentes comigo. Agora eu era para elas, que tinham adquirido novos hábitos, um brinquedo inútil e desprezível. Sofri com meu isolamento, sentia falta das maldades de outrora. Todo contato vivo me comovia e até os golpes eram carícias a meu corpo

esfaimado. Quando eu vinha encostar em minhas primas — não teria ousado tamanha liberdade com minha tia —, me rechaçavam com uma palavra desdenhosa.

Algumas vezes, raramente — era preciso que estivéssemos a sós —, Lisa me empurrava e me batia. Eu vivia por vários dias com essa lembrança feliz.

À noite, meu pensamento se deitava com Carminé. Eu o chamava a meia-voz: "Carminé, oh! Carminé..." Se a visão chegava, obediente, eu adormecia com a boca entreaberta num sorriso, as mãos fechadas sobre uma esperança. Porém, devo confessar que meu desejo não era tão fiel quanto a imaginação de uma mulher. Por vezes, evocava Biradiou do corpo flexível ou até algum lindo mais novo: Philippe Carminé, o encantador irmão de meu comovente Emmanuel, Émile Pérol ou, então, Paul Marchal. Certas noites, Davignon vinha espontaneamente, ou quase, perturbar-me com reproches que me faziam chorar e que me derrubavam em alegria paradoxal.

Quando ninguém se apresentava ao simples chamado de minha voz, eu recorria a artifícios físicos para atraí-lo. Meus lábios se esticavam, beijoqueiros, e meus dedos a tocar meu corpo buscavam outros corpos. Roçavam minhas coxas, minhas ancas e meus rins; então Biradiou escorregava sua flexibilidade voluptuosa ao longo de meu corpo. Suas mãos acariciavam lentamente meu rosto, e o perfil florentino de Carminé aparecia. Se eu dedilhava a região de meus seios, via um dos mais novos, Marchal ou Pérol. Mas se me aventurava no mais secreto de meu ser, Davignon surgia, com censuras e adorações na boca, tomava minha mão trêmula e a conduzia a uma alegria comum.

Outubro finalmente chegara. Desta vez, tio Bertrand não pôde censurar-me por minha tagarelice. Pouco olhei para as paisagens que corriam ao longo do trem. Na maior parte do tempo, para que não perturbassem meu sonho crescente, eu mantinha os olhos fechados, fingindo dormir. Reavivava os sonhos de antigamente,

as lutas deliciosas nas quais meu corpo sentia o corpo de Carminé, sobretudo a última batalha, e o beijo súbito que deu fim a ela. Em seguida, nosso noivado e, num mesmo espelho, o matrimônio de nossos sorrisos. Eu mergulhava perdidamente naquele minuto profundo de futuro. A voz do amigo me penetrava como água acariciadora quando me pedia para eu ser seu no ano seguinte, e suas palavras eram dedos de volúpia em volta de meu coração. Ah! Aquele momento poderoso preenchia o amplo vazio das férias, agarrava o ontem e o amanhã num abraço que não se podia desatar! Ele já me mostrava Carminé correndo de longe em minha direção assim que me via. Eu me precipitava até ele, açulado pela felicidade. Os colegas ciumentos nos olhavam, prontos para zombar, impediam que nos uníssemos num beijo imediato. Nossa alegria se exprimia somente através da luz ora vibrante, ora morrente do olhar e através de sussurros deliciosos.

Depois, estávamos em grupo, em diversas paisagens. No fundo do pátio, nossa carícia se ritmava com o barulho harmonioso do mar. Lá em cima, apoiada num rochedo, em liberdade mais duradoura e menos agitada, nossa alegria perdurava, interminável, e a volúpia recomeçava após uma pausa deslumbrante: às vezes, também caminhávamos abraçados ou, então, em minha cama, nossos membros se mesclavam em um nó de alegrias.

Mas para minha desgraça, que decepção maldosa me espreitava!

Carminé não se atirou a mim, todo iluminado de felicidade. Esperava por mim com ares de indiferença. Assim como roupas de luto entristecem um corpo encantador, seu rosto tinha se revestido de não sei que gravidade sombria. Intimidado, quase me faltou coragem para perguntar:

— Você ainda me ama?

Ele respondeu solenemente:

— Eu te amo... Como quem ama ao próximo... E sonho com você em todas as minhas preces.

Balancei a cabeça, com uma mistura de cólera e de inquietação. E declarei:

— Você não tem que pedir nada a Deus para mim. Se você me ama, nada me falta. Se não me ama mais, nada mais importa.

Ele tomou meu braço e caminhamos enquanto explicava:

— Ouça, François. Tenho grande parte de culpa para com você e peço desculpas. Por sua fraqueza, me envolvi num escândalo. Por mim, mais valeria apodrecer no fundo do mar com uma pedra de moinho amarrada no pescoço. Pudesse eu reparar o mal que fiz à sua alma...

Essas solenidades em sua jovem boca me pareceram tão ridículas que tive um lampejo de esperança. Caí na gargalhada para tentar tranquilizar-me completamente.

— Que drama bizarro! Sabe, até me deu medo, de verdade. Você é um ator admirável e, por um instante, acreditei que não me amasse mais.

Respondeu, sem sorrir:

— Você estava enganado. Mas se engana mais ainda agora, se acredita que estou para brincadeiras. Vou contar tudo para você. Meu tio, que é cura nos arredores de Florença, veio passar o mês de setembro conosco. Meu tio é um santo. Ele me converteu. Quero ser padre como ele. E vou ficar aqui por pouco tempo, até que ele consiga minha admissão num seminário italiano.

Não pude conter minhas lágrimas. E, com uma voz de súplica ingênua:

— Emmanuel, que diferença faria você esperar até o seminário para se converter e ser meu namorado até sua partida? Pelo menos, antes da grande infelicidade de nunca mais voltar a ver você, eu teria um pouco de felicidade.

Ávida por dar alegria, minha mão acariciava seu corpo. Ele se arrepiou e começou, muito delicadamente:

— Meu querido...

Suspirei, num eco de emoção:

— Meu querido!

Meus olhos eram carícias envolventes; retomavam um amigo que eu acreditava ter perdido e minhas duas mãos me atavam a ele.

Mas se desvencilhou e, furioso por ter cedido durante um segundo:

— Seu pequeno miserável! — gritou. — Eu bem sabia que sua perversidade invencível representava perigo a meu jovem fervor. Deixe-me! Vá isolar-se em sua impenitência. Eu te proíbo, está me ouvindo? Eu te proíbo de me dirigir a palavra daqui em diante. Se me desobedecer, não vou bater em você, porque é pecado bater em um colega, e também porque sua abominável natureza se regozija com os golpes como as carícias do diabo. Mas vou contar tudo ao senhor diretor.

Afastou-se, rígido, rangendo tal qual uma máquina a que se acaba de dar corda.

‡

III

Passei vários recreios a espreitar Carminé de longe, como um pobre cão surrado. Finalmente, sem conseguir mais ficar calado, escrevi àquele que me proibira de falar com ele. Eu afirmava que só cessaria de o amar se eu cessasse de viver. Mas queria tudo o que ele queria. Eu o amaria castamente, cristãmente. Inclusive, para lhe agradar, amaria a Deus. Apenas tinha a necessidade de sentir sua ternura. Ele se recusaria a me consolar e a me apoiar? Recusaria o dever de me ajudar e de me corrigir?

No recreio seguinte, ele veio até mim sorrindo, sisudo.

— Como estou feliz! — disse-me. — Dessa maneira, não deixarei esta casa antes de ter salvado uma alma, aquela mesma alma que eu teria eleito entre todas, se Deus me tivesse dado a escolha. Rezei tanto para São Luís de Gonzaga: ele não quis me deixar partir em abstinência da única alegria que eu ainda desejava aqui.

Perguntei, palpitando de diversas emoções:

— Você vai embora logo, Carminé?

— Depois de amanhã, meu caro.

Soltei um grito atroz, de tanta dor:

— Depois de amanhã! Tão rápido assim... Você pode pedir para ficar mais uns dias, vai?

Ele balançou a cabeça.

— Meu tio me escreveu dizendo que vem me buscar depois de amanhã.

— Finja que está doente para ficar mais um pouco com quem o ama.

Indignou-se:

— Como você se converteu ao pior! Não só me aconselha a desobedecer, mas também a mentir...

Chorei, implorei:

— Não me faça reprimendas, seu malvado! Estou tão infeliz. Não vê que estou chorando? Não vê que preciso de seu consolo?

Com voz fria, ele disse:

— Por que está infeliz? Você deveria se alegrar com o grande bem que veio até minha alma.

Continuou por um tempo, mas eu não o escutava mais.

— Carminé — supliquei de repente —, beije-me. Estou lhe dizendo, preciso que você me beije.

Ele se recusou:

— O beijo é um perigo. O beijo é uma armadilha do diabo.

Então, explodi. Gritei batendo o pé:

— Não, não, não me converti! Detesto esse seu Deus, pois você o ama mais do que a mim, pois ele o tira de mim.

E ele, ao mesmo tempo indignado e aterrorizado:

— Não blasfeme! Não blasfeme! Não atraia o raio sobre nossas cabeças.

Mas continuei, violento e pueril.

— Se é o diabo que inventou o beijo, ah, então eu amo o diabo! Adoro o beijo e tenho vontade de todas as carícias. Vou passar minha vida dando carícias e recebendo-as. Quero que lá no seu seminário italiano você fique remoendo em seus pensamentos que eu sou o

querido de todo mundo, e sei que você vai sentir ciúmes de todo mundo.

— Só pensarei em você para lamentar o que é — ele disse.

— Ah, tá! — gritei, delirando de amor e de furor. — Já eu, pensarei em você todas as vezes em que beijar alguém. É por culpa sua que cometerei pecados. E você terá grande parte da responsabilidade em meus pecados. Você é quem me condenará e, se Deus for justo, eu te condenarei de longe, sem que você tenha nenhum prazer.

Ele fugiu. Mas eu o segui e ainda gritei, num risinho dilacerado:

— Vá, fuja, fuja para a Itália! Eu te agarrarei em seus sonhos.

‡

IV

O Carminé mais velho informou aquele santo de seu tio dos costumes da casa que ele estava deixando? Seu irmão mais novo não tardará a ser tirado de nós. Biradiou, viúvo como eu, voltou a me rondar e não vacilei por muito tempo em o satisfazer.

A morte de Davignon e a partida de Carminé me entristeceram profundamente. Eu caí no remorso. Biradiou se lamentava com frequência da frieza de meu amor.

Seu corpo era, contudo, muito belo e muito acarinhador. Por que ele só me emocionava antes do beijo? Minha mão dava prazer e ficava indiferente, sem palpitações de felicidade. Ou, de vez em quando, meus olhos se enchiam de lágrimas e minha mão sentia a falta de um desaparecido: Davignon, cuja potência emocionante ela conhecia; Carminé, que ela ignorava, mas cuja graça refinada a fazia sonhar.

Ainda agora, esperanças estranhas me agitam se revejo Biradiou em poses harmoniosas de menino a brincar, em movimentos simples de corredor, ou se sinto o seu corpo deslizando na noite em que me cortejara

e em que minha recente viuvez me forçara a recusar. A lembrança das carícias que eu lhe dava não suscita alegria alguma em mim, enquanto o simples nome de Davignon, de Dargaud, de Signoret, de tantos outros fez fremir minha mão; enquanto a imagem de Jean Provençal também é uma carícia para mim, emociona meus dedos e emociona minha boca, comove todas as minhas passividades voluptuosas e dolorosas.

Biradiou foi para mim uma maçante decepção. Como explicar as muitas expectativas que ele nutriu e o pouco que entregou? Entre nossos corpos havia "incompatibilidade de humor"? Devo culpar apenas a mim e ao período ingrato que eu atravessava numa espécie de anestesia por minha dupla viuvez? Ou então ele é o culpado? Seria um daqueles seres que prometem muito e cumprem pouco?

Ele não demorou a me aborrecer. Um instinto cochichou e depois gritou para mim: era Biradiou que me desagradava, não a carícia. O fracasso dessa primeira realização completa não me fez acreditar, absolutamente, que toda realização seria decepcionante para mim.

Na sala de estudos e em aula, nos permitiam sentar onde quiséssemos. Apenas na sala de estudos respeitávamos mais ou menos a divisão entre mais velhos e mais novos: os primeiros à direita do bedel, os segundos, à esquerda. Mas, neste ano, os mais jovens, em maior número, tinham invadido uma parte das últimas mesas ao lado dos mais velhos. Não sei mais como nem por que, eu estava bem ao fundo, num banco quase vazio entre dois mais velhos: Jean Provençal, um calouro; Dargaud, um veterano em quem nunca tinha reparado. Eu era bastante adiantado para minha idade; aqueles dois rapagões, quatro ou cinco anos mais velhos que eu, estavam atrasados; e nós pertencíamos à mesma classe.

Dargaud era um perfeito insignificante: nem bonito nem feio; nem tagarela nem quieto; nem amável nem maldoso. Como não se aplicava pouco nem muito, permanecia sempre um aluno medíocre.

Jean Provençal, ao contrário, que ser peculiar! Seu rosto era belo, de uma beleza sólida e precisa, lisa como a de um ator. Eu não conhecia sorrisos mais sedutores que alguns de seus sorrisos; sorrisos mais nojentos do que alguns de seus sorrisinhos mudos. Nem nos sonhos mais felizes brilharão olhares mais belos que certos olhares seus. Os pesadelos mais aterrorizantes não criam olhos mais terríveis e mais horríveis que seus olhos em certas ocasiões. Aquele ser instável revestia-se de mil belezas em um dia: seu olhar, seu sorriso, a fisionomia de seu rosto inteiro. A atitude de seu rosto era cantada por mil harmonias sucessivas, todas admiráveis. Ele expressava, de modo alternado, doçuras celestiais e rispidezes infernais. Às vezes, também se tornava hediondamente feio porque um inexplicável acordo fazia berrar, numa demência, atitude e fisionomia, olhar e sorriso. Ele me atraía e me enojava. Sobretudo me intimidava. Não ousaria negar nada a ele e, concordando, teria tremido, de acordo com cada momento, de alegria delirante ou de terror. Mas não teria tido coragem de tomar nenhuma iniciativa quanto àquele ser perturbador.

Foi ele, sem dúvida, quem me colocou na posição onde eu estava, e eu o obedecera com uma volúpia dolorosa. Bastante preguiçoso, ele copiava todos os seus deveres de casa. Por isso queria aproximar-se de mim. Em certos momentos, sob certos olhares, me parecia que ele devia ter outros motivos, e eu sentia um arrepio de delícias ou de angústia.

Davignon e Carminé se apagavam em mim, pareciam cada vez mais distantes. Jean Provençal ocupava sozinho o primeiro plano no teatro de minha consciência. Ele recitava um monólogo contraditório. Raramente eu o via receber minhas carícias. Quando sorria para mim, adorável, aquilo me era mais doce e mais profundo que qualquer carícia que eu conhecia. Se sua beleza se tornasse terrível ou altiva e, principalmente, se ele se mostrasse para mim numa daquela horas em que o enigma inte-

rior se manifestava em feiura, numa daquelas horas em que o olhar negava o que o sorriso afirmava, em que a fisionomia fazia com o gesto uma odienta discórdia, eu padecia de dores misteriosas e penetrantes.

Frequentemente, à noite, quando Biradiou vinha se unir a mim, a imagem de Jean Provençal me aparecia tal qual. Seus olhos imploravam, mendigos inquietos e brandos; mas seu lábio se erguia desdenhoso, em mudo deboche. Sua testa se enrugava com uma preocupação que sofre, seus dentes rangiam, suas faces se avermelhavam num fogo de cólera. Entretanto, seus joelhos pareciam estar a ponto de ceder e suas mãos se elevavam num gesto extático. Então, diante dessa síntese de loucuras, eu sentia medo. Para não suscitar mais desse êxtase ciumento, para não irritar mais esse furor, para não tornar esse desprezo mais desprezível, eu rechaçava o Biradiou do corpo tão belo e da carícia tão indiferente.

‡

V

Jean Provençal estava na enfermaria, doente.

Durante os estudos noturnos, Dargaud se virou de lado, como fazia algumas vezes, e começou a se entregar ao prazer solitário. Entretanto, seu olho me espreitava.

Não me desagradava ser o excitador longínquo para alguns, o sonho, nem ver que, para usar uma expressão coloquial de meus colegas, gozavam pensando em mim. O pequeno sentimento de vaidade e a leve volúpia que eu sentia de me esfregar se manifestaram, sem dúvida, através de um sorriso ou através de um olhar direto demais. Bruscamente, Dargaud se aproximou, encostou-se em mim, pegou minha mão, levou-a em direção a seu prazer próximo. Esbocei um movimento de recuo. Mas depois de minha mão ter tocado um frêmito quente, não tive mais forças para recusar.

É o imprevisto do ataque? É porque Dargaud era bem-dotado? Aquele menino, de quem até então eu

conhecia apenas a aparência medíocre, deu à minha mão alegrias infinitamente superiores às pobres emoções que me vinham de Biradiou. Durante o resto do dia, observei-o num fervor de agradecimento. Sua banalidade desaparecia. Agora que ele me interessava e que eu o sabia ler mais facilmente, ele me parecia, tão logo seus olhos se dirigiam a mim, assumir uma beleza radiante. No entanto, em certos segundos, quiçá perspicazes, eu me desassossegava: sua fisionomia não era mais triunfante que agradecida? Minha derrota não lisonjeava sua vaidade mais que seu coração ou até mais que seu corpo?

Mas eu balançava a cabeça, acusando-me de estar sendo injusto. Repetia a mim mesmo, por dentro: "Dargaud me ama e eu amo Dargaud."

Naquela noite, implorei a Biradiou para que me deixasse em paz.

— Está tudo acabado entre nós. O azar é seu. Você não soube se deixar amar. Agora, amo outro.

Não foi difícil para Biradiou se consolar:

— O azar é do outro... Nunca tinha encontrado um namoradinho mais desagradável que você.

Deitado em minha cama, eu sonhava com Dargaud. Pela primeira vez, meu devaneio voluptuoso já não se contentava mais com alegrias da mão. Uma imaginação elaborada transportava a emoção entre meus lábios, sobre minha língua e debaixo de meu palato. Em meia pasmaceira, eu suspirava, com a boca entreaberta por uma volúpia quase presente: "Dargaud, oh!, Dargaud, como eu te amo." Não, jamais um pensamento acerca de Davignon ou Carminé tinha me esmagado debaixo de tanto peso de felicidade.

Dargaud era um externo. Não podia correr até ele de imediato. Durante uma noite inteira, minha boca seria uma noiva invejosa de minha mão.

Que tristeza! Quando revi o desejado, me vi obrigado a perceber que esse menino vulgar não era nem

sentimental nem mesmo sensual. Não era de fato por eu ser ternurento e carinhoso, nem mesmo porque eu era lindo, que ele me desejara. Era porque minha formosura era célebre no internato; porque todos pareciam me desejar; porque as paredes de Saint Louis de Gonzague estavam cobertas de declarações para "senhorita Françoise" e para a "mulherzinha".

Eu mal tinha chegado e esse pobre imbecil já estava olhando para mim com uma risadinha. Naquele instante, fiquei vermelho de vergonha. Apesar da alegria viva de um minuto, apesar de seu prolongamento delicioso em delírio e em novo desejo, me arrependi de minha complacência da véspera.

No recreio, Dargaud, criatura inútil e indiferente a todos, estava cercado de gente como se fosse o herói do dia. Parecia estar falando com uma animação rara. Eu o espreitava, escondido. Já antevia muito bem que terríveis perseguições me cercariam de novo, espinhos que revoluteiam de maneira mais provocadora, que penetram com mais crueldade.

Durante as horas de estudo que seguiram, a todo instante, algum colega se voltava para mim. A maioria deles fazia caras de chacota. Nos olhos dos outros, brilhavam desejos despudorados que — ah, quanta dor me causava aquela certeza! —, brutais e desprezadores, exigiriam, em vez de uma súplica, um comovente estremecimento.

Signoret me lançou uma bolinha de papel. Desdobrei-a e li:

"Anteontem, a mulherzinha, conhecida como Romanes II, me rejeitou mais uma vez. Mas eu acho que estou à altura de um Dargaud. Se amanhã, durante o passeio, assim que as fileiras se desfizerem, ela não vier por conta própria pedir aquilo que teve a impertinência de recusar, vai levar um daqueles sopapos que será lembrado para sempre em sua vida de rameira."

Mais dois bilhetes com quase a mesma brutalidade chegaram até mim.

Exaltado de nojo e revolta, esmagado pela confusão, vivi alguns minutos abomináveis. Depois, um sorriso de esperança se esgueirou para dentro de minha alma, alargou-se, foi um desabrochar de certeza e de alegria. Ao longe, umas palavras de Romanes retornaram, inclinaram-se em minha direção, intrometidas, a cochichar: "Uma boa refeição com qualquer um — insinuavam — é boa. Ora, então aquilo é melhor do que todas as boas refeições." A iguaria que eu teria preferido me escapava: por que eu não o esqueceria em potentes prazeres de glutão que aceita tudo? Quem sabe, aliás, se na hora de usar, Dargaud me satisfaria mais do que Biradiou? Entre a meia carícia dada a Davignon e cada uma das duas carícias completas que eu conhecia, sentia diferenças emocionantes. A emoção voluptuosa talvez seja feita principalmente de novidades; se demasiado repetida, qualquer carícia se torna monótona; qualquer carícia é boa depois de uma outra carícia. Eu pensava, com certo esforço, numa comparação à maneira de Romanes: "Gosto muito de batata frita. No entanto, jamais gostaria de ter de comer apenas batatas fritas." Mas uma imagem bonita me seduziu: "Quando acabo de cheirar uma rosa, o perfume de uma violeta não me desagrada em nada." Enfim, escrevi em letras maiúsculas, no começo de um caderno, estas palavras cujo segredo ninguém adivinharia: "Há pessoas que gostam de um país; há pessoas que gostam de viajar. E eu gostaria de viajar."

Tendo tomado minha decisão, imaginei executá-la de maneira estrondosa. Não queria ser um hipócrita que se esconde, que se esgueira, medroso, evitando a duras penas, mas nem sempre, as emboscadas dos risos e do desprezo. Só escaparia da infâmia por uma atitude intrépida. Era preciso, por meio de uma insolência bela e franca, impô-la à moral burra e incerta daqueles que me cercavam. Em primeiro lugar, era necessária uma profissão de fé muito nítida e ousadamente pública. Respondi a Signoret:

"Tudo o que você quiser, você e os outros. A partir

de hoje, a mulherzinha é uma puta feliz em dar prazer a quem quer que goste do prazer. Serei primeiramente sua, já que você pediu primeiro. Em seguida, virão Rivail, que pediu em segundo lugar, e Bernard, cujo pedido veio a mim em terceiro lugar. Faça esse papel circular por todos (exceto Dargaud e Romanes). Aqueles que amam a mulherzinha, inscrevam-se. Vai chegar a vez de cada um. Quando tiver acabado, começaremos uma nova lista."

Eu tinha escrito três rascunhos. Foi somente no segundo que inventei esse golpe de mestre: a exclusão de Dargaud, que deixava todos enciumados, e de Romanes, cuja imundície material e moral enojava a todos. Excluindo aqueles dois, me tornei popular. Além disso, ressaltei que me reservava o direito de desprezar.

Só na terceira redação fui manchar meu papel com um palavrão. Desde a primeira vez, senti que ele era necessário para dar um efeito de insolência. Mas eu tinha de vencer uma repugnância muito forte. Lembro-me, sorrindo, de um dos raciocínios que me levaram à decisão. Baseei-me no exemplo dos *sans-culottes*. Achei pouca a valentia que os fez arvorarem, em divisa, a injúria que lhes era dirigida... Eles deveriam ter estimulado o desafio a ponto de dizer além daquilo que era dito a eles. Quanto a mim, eu não teria sido um *sans-culotte*; eu teria sido bravamente um *cul-nu*[17]. Ah! Aquele coitado do Signoret achou que me tivesse ofendido chamando-me de rameira. Eu escolheria um termo mais ignóbil e, a partir dele, me atribuiria um título honorífico. Você não perde por esperar, meu pequeno Signoret.

Uma vez concluída a carta, minhas hesitações não tinham terminado e muitas vezes minhas mãos ensaiaram

---

17 François joga com o termo *sans-culottes* ("sem calções") em referência ao grupo heterogêneo que, durante a Revolução Francesa, combateu a hegemonia vigente que lhes atribuiu essa alcunha. O personagem preferiria chamar-se de "traseiro nu".

covardemente o gesto de rasgá-la. Enfim, deixei meu lugar e caminhei a passos duros que, imediatamente, talvez, cambalearão daqui a pouco.

— Aonde vai, Taulane? — gritou o bedel.

— Pedir uma explicação a Signoret.

Eu já estava junto a ele, debruçado sobre seu livro, deslizando meu papel em sua mão.

— E com que autorização? — retomou molemente o vigia.

Ergui a cabeça. Fiz um gesto de indiferença e respondi:

— Com ou sem a sua, como o senhor quiser.

Depois, subindo no banco, gritei:

— Viva a liberdade! Abaixo o tirano!

Foi o sinal para uma "algazarra monstro".

Eu premeditara o escândalo. Naquele momento, não devia negligenciar nenhum meio de popularidade.

‡

VI

A lista voltou coberta de assinaturas. Todos os mais velhos e muitos entre os mais jovens se inscreveram. Fiz as contas e escrevi orgulhosamente a Signoret: "Você é o primeiro de sessenta e quatro."

Minha decisão ousada e seu extraordinário sucesso fizeram de mim o rei da casa. Mesmo a influência de Signoret foi aniquilada pela minha. Ele não reclamou: como eu tinha gostado de sua carícia, concedi-lhe vários favores suplementares.

No recreio, muitos vieram falar comigo, tímidos:

— Não tive coragem de deixar que todo mundo visse meu nome. Mas será que você pode me inscrever?

Ou então:

— Eu tinha entendido errado. É chato ser o último, mas me inscreva, de qualquer modo.

Da maneira que todos me cercavam como numa corte, entendi que o desejo e a esperança os tornaria dóceis para comigo. Imediatamente, testei meu novo poder.

Bernard, um tipão mais velho e forte, estava brigando com um novinho, alegando que este lhe tinha surrupiado duas bolinhas de gude e queria reavê-las à força. Passei como se ele fosse bater no outro.

— Bernard — disse —, faça-me o favor de deixar Miral em paz. Você é muito mais forte que ele. Seria covardia da sua parte. Se você encostar nele, será riscado da lista.

Todos aprovaram:

— Verdade. Seria covardia. Taulane tem razão.

— Então — protestou Bernard —, os mais novos farão tudo o que quiserem e nós não poderemos dizer nada... Que aborrecimento é ser roubado por um fedelho desses!

Mas Miral choramingava:

— Não é verdade, eu não as roubei, foi ele que as tirou da minha bolsa. Eu só as peguei de volta.

Ordenei ao pequeno:

— Dê cá as bolinhas.

Assim que obedeceu, declarei:

— Precisamos descobrir a verdade. Os que sabem de algo, digam-no.

Vários prestaram depoimento. Logo ficou evidente que Bernard era o ladrão.

Restituí ao menino o que lhe pertencia e pronunciei:

— Bernard ficará oito dias de castigo ou será apagado da lista. A decisão é sua.

Todos aplaudiram. O condenado me fitou por muito tempo. A princípio, seus olhos flamejavam de ódio. Pouco a pouco, a chama se extinguiu, como que afogada. Por fim, disse:

— Prefiro a quarentena.

— Está entendido. Mas sua vez ficará para trás até passarem os oito dias.

Bernard abaixou a cabeça, confessando:

— É justo. Fui um calhorda.

Depois, com um tímido sorriso de esperança:

— Ninguém é ladrão de verdade por causa de duas bolinhas de gude... Antes de eu começar a quarentena, podemos apertar as mãos?

Dei-lhe a mão. Ele a segurou por um instante e me olhava com uma admiração terna.

Aquilo me tocou. Como ele ia se afastar, eu o detive.

— Bernard, você confessou seu erro: ele está reparado. Estou bastante certo de que não o repetirá.

— Claro que não.

— Você está dispensado da quarentena. Não é mesmo, amigos?

— Sim, sim — concordaram todos.

E todos estavam emocionados como diante de uma bela cena de teatro.

Então, o mais velho, com os olhos marejados de lágrimas, lançou-se a meu pescoço, beijou-me perdidamente.

Enquanto seu pranto escorria, enfim, delicioso para ele e para mim, um engraçadinho gritou (mas sua voz que pretendia ser zombeteira soava como uma emoção):

— Diga aí, Bernard, você não tem do que reclamar, hein?

Naquele dia, adquiri um novo apelido. Durante algum tempo, passaram a me chamar apenas de "a rainha Françoise". De fato, eu era adorado e obedecido como uma jovem rainha.

‡

VII

Não escrevo estas memórias para me comprazer com minhas vergonhas, e para mim é impossível pensar naquela época sem complacência. Eu, esfomeado de amor, via-me adulado por um povo inteiro. Eu, tão ávido de dar felicidade, era a alegria de todos. A cada dia, deleitava-me com cinco ou seis deleites provocados por mim.

Sem dúvida, alguns me enojaram. Principalmente um deles, um externo que, fora do Instituto, passava horas a enrolar e fumar cigarros. Aquele porcalhão tinha muito

orgulho de seus dedos "vividos[18]". Seu corpo todo fedia a tabaco. Fez exigências e, quando se afastou, tive crises de vômito. Lembro-me de um segundo acidente semelhante, cujo motivo não consigo rememorar. Mas, quase sempre, eu ficava feliz com o que prestava a meus colegas.

Completamente passivas, essas alegrias quase sempre renovadas abalaram, no entanto, minha frágil saúde. Um dia, quando me encontrou num corredor, o senhor diretor me parou e olhou para mim por muito tempo.

— Taulane — disse-me —, você está muito pálido. Está com olheiras. Estaria doente?

— Não, senhor diretor.

— Você está entediado aqui? Não está feliz?

— Estou feliz, senhor diretor. E só posso ser feliz aqui. Amo tanto a Casa.

Sua mão relou minha bochecha. Mas alegrias diferentemente quentes e penetrantes me tornaram insensível àquelas carícias leves.

— Você é uma criança adorável — retomou. — Não conheço nenhuma outra índole mais doce e mais terna que a sua. Seu êxito escolar é notável. Todo mundo gosta de você aqui. Mas sua saúde nos preocupa. Ainda hoje de manhã, seu professor estava confiando a mim seus temores a respeito disso. Sem dúvida, meu amiguinho, você trabalha demais. O ardor nos estudos é uma virtude. Mas Deus não quer que a força que nos será necessária para fazer o bem por toda a vida já seja sacrificada a partir da infância.

Demoradamente, em frases arrastadas como carícias tristes, me recomendou moderar meu trabalho. Depois me conduziu até a enfermaria, me fez beber um copo de quinquina e me convidou a voltar duas vezes ao dia para tomar o vinho fortificante. Não faltei. E eu

---

18 No original, "*culottés*", que remete à imagem de vestimentas íntimas (*culottes*), já mencionadas pelo próprio François, bem como ao adjetivo *culotté*, que significa "ousado", "atrevido".

dizia, numa bizarra invocação interior: "Dê-me forças, querida quinquina, para ser feliz e para fazer feliz."

Os recreios e os passeios não bastavam mais a toda a alegria que eu queria dar e colher. Não demorei a dedicar a ela também as horas de estudos noturnos. Eu dizia ao bedel:

— Estou me sentindo cansado. Minha cabeça está girando. Estou sufocando aqui. Peço permissão para tomar ar no pátio.

Ele não recusava. Via o mais insolente dos alunos sair com alegria. Eu passeava sob as belas árvores, esperando por meus amigos. O primeiro não tardava e, tão logo regressasse, um outro pedia para sair. Doce inverno! A escuridão do grande pátio era uma infinita alegria sombria. E o mar cantava minha alegria. E a leve brisa que ele soprava era um alento de volúpia.

Uma noite, minhas carícias foram mais ardentes. Mas sua loucura, naquele dia, tinha algo de áspero e de intencional. As flores de alegria desabrochavam aos montes, um pouco artificiais, para esconder um caule de tristeza. E a brisa do mar era um sopro de inquietude. E seu batimento acelerado era a palpitação de um coração dilacerado. E eu tiritava na escuridão imensa.

Houve até um momento, inclusive, em que me encontrei sozinho e, ao passo que eu afirmava minha felicidade a meia-voz, senti uma lágrima sobre minha bochecha.

É que Jean Provençal, mais doente, tinha acabado de partir para ficar com a família. Por instantes, acreditei vê-lo deitado e morto ao lado de Davignon. Minha mão fremia por causa de uma lembrança e de um arrependimento. E, de repente, o rosto de Jean, demente, fazia uma careta, enquanto a voz quebrada de Davignon me dirigia súplicas e reprimendas.

O pobre bedel se agitava em seu púlpito, igual a quando titubeava em fazer alguma observação. Eu o via espreitar o percurso sinuoso da lista. Quando chegou até mim, carregada de nomes, não pude resistir e a agitei num gesto de afronta. Então, ele se levantou, todo pálido, e perguntou:

— O que é esse papel que circula o tempo todo e que sempre volta às suas mãos?

A sala de estudos inteira virou uma comoção fervilhante.

Troçador, respondi:

— O senhor é bastante curioso.

Ele ordenou:

— Taulane, traga-me esse papel imediatamente.

Quase todos os alunos se voltaram para mim:

— Taulane, rasgue-o... Rasgue-o, Taulane.

Mas caí na risada e disse ao bedel:

— Não sou seu empregado. Se o senhor quiser este papel, venha buscá-lo.

Ele desceu de seu púlpito. Houve, em meus amigos, um segundo de hesitação.

De pé sobre minha mesa, gritei aos mais velhos:

— Se vocês são covardes o bastante para deixá-lo passar, está tudo acabado, não gosto mais de ninguém.

Signoret, Bernard e dez outros pularam à frente do bedel para defender sua alegria em risco. E, com os punhos ameaçadores:

— Mais um passo e vai ter pancadaria.

O bedel se deteve. Outros vieram apoiar meus primeiros campeões. E os mais novos, entre pancadas nas carteiras e batidas de pés, entoaram:

— Abaixo o bedel, abaixo!

Uma vez ou outra, no meio da baderna, um grito se sublevava, repetido por mais cem gritos:

— Viva a rainha Françoise!

Caindo não sei de onde, um dicionário acertou o ombro do bedel. Foi um sinal. De todos os lados, dicionários, atlas, livros grandes e pequenos começaram a chover

sobre o pobre-diabo. Ele recuou diante dessa saraivada, subiu de volta em seu púlpito e esperou, esbravejando no meio da algazarra.

Em um intervalo de silêncio, lançou:

— Isso não vai ficar assim, garanto a vocês. Vou relatar ao senhor diretor tanto o fato quanto seus autores.

A "baderna" ficou enorme. Mas fiz um gesto de que queria falar e, pouco a pouco, todos foram calando-se. Então pronunciei:

— Relate tudo o que você quiser. Mas, se disser uma só palavra, não estará vivo amanhã... Não é mesmo, colegas? Jurem-no.

Todas as mãos se ergueram e um grito unânime retumbou:

— Nós juramos!

E, de repente, sentei-me. E fez-se um silêncio esmagado pelo medo, no qual rastejavam barulhos trêmulos. Furtivos, os mais velhos se esgueiravam a seus lugares. O senhor diretor acabava de entrar.

Sobre toda a sala de estudos, aparentemente calma, arrepiado de medo e fremindo em uma febre escondida, o senhor diretor percorreu um olhar severo e inquieto. Depois, perguntou:

— O que é isso? O que está acontecendo aqui?

O bedel abriu os lábios para responder. Seus olhos estavam sobre mim como dois vingadores. Mas olhei fixamente para ele. Minha mão fez um gesto tão claro quanto palavras. "Cuidado!", dizia o gesto de minha mão. E o bedel, de boca entreaberta, pensava em todas as armas que eu tinha contra ele. Eu podia fazer com que ele fosse espancado à noite, numa nova revolta. Podia, também, contar ao senhor diretor a respeito de um certo passeio do ano passado, de certas tentativas daquele infeliz. Talvez eu falasse ali, publicamente. E dez alunos se levantariam para afirmar tentativas semelhantes, tentativas mais forçadas, tentativas bem-sucedidas. Ele se sentiu perdido. Balbuciou:

— Não sei... Um vento de loucura... Um sopro de revolta...

Mas o diretor, em tom decidido:

— Aponte-me os autores. Reprimendas são necessárias e não vou pensar duas vezes.

O bedel tremia, pingando de suor. Todos os olhares estavam sobre ele, à mira de ameaças. E Signoret mostrava-lhe um canivete aberto. O coitado falou palavras esquivas:

— Não percebi ninguém em particular. Todo mundo é culpado... Eu lhe disse: um vento de loucura, um sopro de re...

O senhor diretor interrompeu:

— O verdadeiro culpado é você. Sempre há autores, e complôs não estouram sem sinais precedentes. Mas você nunca vê nada. Você não serve para nada...

Porém, o abade Saurien percebeu a incivilidade de suas próprias palavras. A propósito, dois ou três alunos fizeram troça. Ele se dirigiu a nós:

— Senhores, as reprimendas que fiz a seu mestre deveriam fazê-los corar de vergonha. Pois o estou censurando por ser bondoso demais, por tratar como jovens razoáveis os senhores, que são moleques em sua maioria. Não são dignos de ter um mestre tão bom.

Continuou a falar por muito tempo nesse tom, depois se acalmou em misericórdias. Por fim, contentou-se em suspender o próximo passeio como punição.

— Virei aqui — disse ele —, pessoalmente, vigiar essa detenção geral. E aplicarei um ditado com duração de três horas.

Saiu. Calamo-nos por algum tempo. Mas, debaixo da tranquilidade exterior, quantas coisas se agitavam! Sentíamos que nada tinha acabado. Ainda faltava travar a verdadeira batalha. Quem atacaria?

Assim que nos certificamos de que o senhor diretor estava longe, senti que eu devia vencer em nome de todos.

Subi de novo sobre a mesa. O bedel, temendo um

possível retorno do abade Saurien, suplicou:

— Sente-se, Taulane, por favor. Não faça eu me arrepender de minha fraqueza.

Mas passei um sermão, sorrindo:

— Senhor, insisto em agradecê-lo em nome de todos os meus colegas e em meu próprio nome. O senhor foi gentil, não dedurou ninguém. O senhor é boa gente e poderemos nos entender com o senhor...

— Não — disse o rancoroso Signoret. — É um patife.

Mas impus silêncio a Signoret:

— Cale-se quando estou falando ou então não gostarei mais de você.

Signoret, outrora tão poderoso, sentiu um movimento de impopularidade. De vinte lugares diferentes, ordenaram a ele:

— Psiu! Deixe a rainha Françoise falar.

Retomei meu discurso de "autoridade".

— Ouça, senhor. Quer paz? Quer guerra?

Não veio resposta alguma.

— O senhor permanece calado. Portanto, prefere a paz. Pois bem, prometo que não haverá mais baderna. Encarrego-me de policiar a sala de estudos. Basta que não nos aborreça, e nós faremos o que quisermos.

O infeliz gaguejou:

— Mas, senhor, meu dever...

Não admiti tal objeção:

— Veja bem, senhor, estamos falando sério. Seu dever é não ter problemas com o diretor, que o expulsaria mais facilmente do que a mim.

Ele esboçou um gesto de revolta. Minha mão fez o movimento que acaba com protestos demasiado ingênuos e expliquei para ele que o senhor diretor gostava de dinheiro, que sempre encontraria bedéis a quem pagar e que tremia só de pensar em perder um aluno pagante.

O pobre homem, arrasado, achou melhor pôr as barbas de molho:

— O senhor sabe quão indulgente e benfazejo eu sou. Só lhe peço trabalho e silêncio. Vou deixar passar muita coisa.

A luta continuou por muito tempo. Mas eu tinha vantagens demais sobre o adversário. Vali-me cruelmente de todas elas.

Aos poucos, o pobre bedel foi obrigado a tornar-se nosso cúmplice. Vigiava a porta para nos alertar sobre alguma visita de surpresa do senhor diretor. Nesse ínterim, meus colegas jogavam cartas, jogavam damas. Eu era aplicado. Fazia os deveres de todas as aulas. Os outros só tinham que copiar, com algumas variações. Nem sempre é fácil a vida de rainha.

‡

IX

Signoret acabava de se esbaforir sob minha carícia. Beijava-me com infinita gratidão. Sua felicidade me pareceu maior que a minha. Fui mordido por um vago ciúme, um desejo me excitou. Eu exigi:

— Vamos, querido, faça comigo o que eu fiz com você.

Seus olhos tinham uma doçura estranha, como que feminina. Depois, brilharam com certa malícia coquete. E Signoret fez um leve movimento para trás.

— Oh, você sabe — respondeu sacudindo a cabeça —, nunca fiz nada com ninguém.

Não pronunciei uma só palavra. Mas o pedido de minha mão sobre a sua foi eloquente; em volta de sua cintura, meu braço foi persuasivo e, sobre seu rosto, meus beijos eram murmúrios a rezar.

— Ah! Rainha Françoise — retomou —, você é tão bela, não se pode recusar nada a você.

A espera me fazia tremer.

Ai de mim! A porta das alegrias ativas sempre esteve solidamente fechada à minha frente. As raras vezes em que a arrombei, num esforço exagerado, me machuquei.

A crise de volúpia foi intensa, intolerável.

— Oh! Signoret, morre-se de entrar nesse paraíso.

Era um paraíso? Era um inferno?

Um ardor me atravessou, depois, um arrepio frio seguido de um choque sem nome, agonia de alegria e de dor ao mesmo tempo.

Caí, desmaiado.

Assustado, meu querido chamou por mim durante muito tempo, ao que parece, me suplicou que eu acordasse. Enfim, consertou a desordem de meu asseio. Seus braços vigorosos me tomaram e me levaram até a enfermaria.

— Aqui está Taulane — gemeu —, encontrei-o caído no pátio.

Ele próprio, também quase desfalecendo, acrescentou:

— Ele não morreu, não é mesmo?

X

Uma rainha não tem o direito de ficar doente. Estava aflito em minha cama. O formato bem-sucedido de sociedade que eu instituíra, aquela sociedade em que apenas um era o ídolo de todos porque atendia a todos e porque a ele deviam atitudes ainda mais ternas, não duraria após minha ausência. Não recairia na antiga barbárie? Eu me agitava num devaneio febril, sob um pesadelo desperto: "Sim, vai recomeçar a ser besta e feio como a sociedade adulta. Vai voltar a ter casais que se escondem, solitários que perseguem os casais e algumas generosas cortesãs que todo mundo despreza. Eu mesmo, ao retornar, serei sem dúvida o mais desprezível dos lixos... O homem só é razoável enquanto a embriaguez da felicidade não cessa. Um instante de sangue frio e ele se recompõe, como costuma dizer; despenca em queda irremediável, animal egoísta e invejoso, que faz ainda mais questão de ver os outros infelizes do que ser ele próprio feliz." Essas tristezas talvez não se formulassem tão nitidamente assim,

permaneciam no estado de esboços, incertas e tortuosas, menos pensadas do que sentimentos e tremores.

Os colegas que vinham me ver perturbavam ainda mais a minha inquietude. Só tinham más notícias para me dar. Signoret e Biradiou se espancaram pela posse exclusiva de Paul Marchal. Bernard quase destruiu o pequeno Miral. Rivail tinha vingado Miral, mas sob a condição de que Miral fosse só seu. Foram apenas brigas e rixas, e ódios barulhentos, e ódios dissimulados, maldições e rancores. O bedel, que sentia o rompimento da unidade, se livrava do jugo, se recusava a patrulhar, alegava estar cumprindo seu "dever". Multiplicava as punições, dedurava uns e outros. Eis que Signoret, Rivail e Bernard foram expulsos e todo mundo tremeu. Voltávamos a ser um tropel dividido contra si mesmo, terrificado assim que se balança o cajado.

Meu desespero ao ver minha obra desmoronar deve ter agravado a minha enfermidade: fiquei vinte e três dias de cama.

Quando voltei à sala de estudos, o silêncio estava pesado como uma lápide sobre os mortos. Cada um, hipocritamente curvado sobre seu livro, fingia trabalhar. Quem erguesse a cabeça, recebia punição.

O senhor diretor não passava uma hora sequer sem dar uma volta, observar, se informar. Um dos mais velhos tomou a liberdade de responder ao bedel. Em sua primeira visita, o abade Saurien o levou: "Venha fazer suas malas. Estou farto dessa desordem. Cada aluno expulso traz dez novos. Simplesmente solicito a expulsão. A depuração será completa, garanto-lhes. Não manterei nem mesmo uma maçã podre." A voz do senhor diretor, outrora tão doce, tornou-se rispidamente autoritária, violenta, como a de quem maltrata.

Eu sabia que, desde então, o abade Saurien não tinha confiança alguma na bela fórmula que agora repetia trinta vezes por dia e que nos aterrorizava: "Cada aluno expulso traz dez novos." Ele estava se aproveitando da

crise para se livrar dos bolsistas cujos pais pagavam mal.

Sequer sonhei em reconstituir um povo com esses elementos divididos e covardes. O encanto estava destruído, disso eu já sabia muito bem. Signoret tinha contado a seu modo o meu desmaio. Todos tinham medo de me ver cair desfalecido, talvez morto, enquanto eram acariciados por mim. Os mais velhos me olhavam com desprezo. Os mais jovens me odiavam e me temiam como a mulher casada detesta, apavorada, a cortesã que talvez amanhã possa tomar seu marido.

Aliás, nada disso me preocupava muito. A rainha Françoise, destronada, não sonhava com seu antigo poder. A felicidade passada provavelmente já não a satisfaria mais.

Reencontrei Jean Provençal. Vi-o, primeiramente, em um de seus momentos de feiura assustadora. Ele me disse, rangendo os dentes e, contudo, seus olhos brilhavam como duas adorações:

— Você deixava todo mundo copiar seu dever de casa. Daqui em diante, você só vai emprestá-lo a mim, está ouvindo?

Respondi, submisso:

— Prometido.

E acrescentei uma desculpa:

— É porque você não estava aqui.

Ele sorriu, tão belo, tão comovente, e se dignou a dizer:

— Ora, até que você não é um mau menino.

Aquele sorriso e aquelas poucas palavras me atingiram como uma alegria penetrante e dilacerante. Um segundo do olhar de Jean Provençal em mim era mais carregado de emoções que um dia inteiro de carícias banais.

Ah! Que profunda, torturadora e voluptuosa a lembrança do passeio que sucedeu. Era fim de abril. A colina de Mourres, que em um mês não passaria de um deserto tórrido, unia em casamento um tanto paradoxal e inebriante as graças primaveris e os potentes esplendores já quase estivais. Eu estava embriagado pelo duplo

movimento do interior da seiva, embriagado de primavera e convalescença. Porque Provençal estava ali, curado, recuperado por dias e dias, eu cambaleava também entre alegrias de esperança e terrores atravessados por não sei que estranha volúpia. Você, vinho novo de esperança, levantava-me porque o olhar de Jean agora há pouco fora doce e, como o lago à luz do dia, harmonioso e imenso. E você, vinho velho, potente e amargo de terrores voluptuosos!, fazia-me desfalecer porque o rosto de Jean fora terrível e impetuoso como o mar sob a tempestade, ou porque a terrível discórdia fez murmurar o amor aos seus olhos enquanto sua fisionomia gerava o ódio, fez de seu sorriso um asco, e de seu gesto, uma súplica; eis que meu coração não era senão trapos levados por todos os ventos da loucura além de todos os horizontes.

— François, sente-se na minha fileira — ele me pediu.

Mas o abade Saurien, fazendo a revista inicial:

— Não gosto nada dessa mistura de mais velhos com mais novos. Senhor de Taulane e senhor Provençal, tenham a bondade de escolher companheiros de sua idade.

Na súbita feiura contraditória de Jean, o ciúmes gritou mais forte que todas as paixões. E eu tinha me sentido ligado a ele de maneira inseparável, disposto a tudo, a fim de lhe poupar do menor desgosto.

Fui em direção àquele temível diretor, a quem ninguém havia confiado esta farsa:

— Senhor, há dois deles que querem me bater. Jean prometeu me defender. Deixe-me com ele, suplico ao senhor.

— Nomeie os perseguidores e eu os colocarei de castigo.

— Oh! Senhor diretor, o senhor sabe que não delato ninguém.

Ele me repreendeu com voz dura. Porém, contradizendo suas censuras e seu tom, sua mão acariciava minha bochecha. E, ingenuamente, tinha me recolocado sob a guarda de Provençal.

O menino mais velho teve um minuto de beleza triunfal. Apertou minha mão, sussurrando:

— Eu te amo demais, demais!

Mas, no instante seguinte, me beliscou com muita força, junto a essa bronca:

— Eu te detesto por te amar tanto assim, seu imundo que foi de todo mundo!

Em Mourres, assim que ficamos a sós, ele zombou:

— Ah! Ah! A nós dois, rainha Françoise.

Esbofeteou-me. Jamais pude sentir revolta por aquele ser estranho. Apanhando dele, eu estava certamente mais feliz em sua companhia do que se ele estivesse longe, mais feliz do que se eu fosse acariciado por um outro. Sob efeito do tapa, pronunciei meu êxtase:

— Jean, você é maldoso como uma mulher e eu te amo como se você fosse Deus.

Ele comandou:

— De joelhos.

Ajoelhei-me.

— Beije a mão que bateu em você.

Cobri aquela bela mão brutal de beijos perdidos e de lágrimas nas quais derramava não sei que alegria.

Prosseguiu:

— Peça perdão.

— Por quê? — perguntei surpreso. — Por que, meu querido?

E ele:

— Eu te proíbo de me chamar de "seu querido". Não sou seu querido. Serei seu amante, seu mestre e seu inimigo. Sinto desejo por você, mas te odeio, você me dá nojo.

Meus braços erguidos imploravam ao mesmo tempo que meus lábios trêmulos:

— Jean! Oh, Jean, então você quer que eu morra de vergonha?

Ele continuou:

— Li sua carta imunda àquele porco do Signoret... Ah! A mulherzinha é uma puta e se orgulha de ser uma puta... E todos aqueles imbecis te cortejavam... Ah! Ah! Ah! À custa de ser puta, você era uma rainha. Estou sem

ar de tanto rir, rainha Françoise... Mas o que é que todos esses covardes têm no lugar do coração... Se eu estivesse lá, eu teria matado você.

Depois, erguendo com as duas mãos uma pedra enorme, manteve-a suspensa sobre minha cabeça:

— Mesmo agora — ele grunhia —, é melhor que eu te mate. Há coisas que não se pode lavar. Sim, eu vou te matar. Já, já você ficará na colina, apodrecido ao sol, seu imundo, igual a uma dessas medusas nojentas lá embaixo, sobre a areia.

A ameaça não me fez baixar a cabeça. A cólera de Jean era uma beleza da qual meus olhos estavam sedentos. Mas eu desejava logo outra coisa, uma beleza mais doce, e implorava:

— Sim, Jean, você me matará. Eu quero. Será bom morrer por você. Mas antes, esqueça por um momento, sim, que eu pertencia a outros e me permita que eu seja seu... Eu suplico a você, não me mate antes de eu conhecer o gosto de sua carícia.

Ele pôs a pedra de lado e, num tom frio e duro, no qual às vezes o ódio e o desprezo escarneciam:

— Seu lixo, você deve estar achando que sou covarde como os outros e que depois você será meu dono? Deve estar achando, sua puta, que vai se tornar para mim também a rainha Françoise? Você se engana, mulherzinha imunda. Sim, quero que você me ame. Mas você será sempre meu escravo, está entendendo?

— Oh! Serei tão feliz em ser seu escravo.

E durante minha carícia, sobre o próprio ritmo de minha carícia, injúrias e golpes perturbaram minha alegria. E Jean estava ávido de prazeres, ávido de renovar o prazer, ávido de variar o prazer. "Mais uma vez, mais uma vez... Faça diferente agora... Desse jeito... Daquele jeito... como quiser." Ninguém jamais me demonstrara tanta força em resistir às repetidas ofensivas da alegria, em reivindicar o recomeço da luta. Por fim, esgotado, ele permaneceu deitado sobre a grama, debaixo do sol, e suspirava:

— Beije-me. Você é mais belo do que tudo. Você é melhor do que tudo. Fale para mim, tesouro único, que você me ama... Fale para mim, minha única alegria, que sou o único que você ama.

— Eu te amo, eu só amo você. Você é meu paraíso.

Sob meus beijos lentos, ele se ergueu um pouco. Em seus olhos, flamejava orgulho, assim como volúpia:

— Diga, diga mais uma vez, diga sempre. Diga que você ama tudo em mim. Diga que sou seu mestre adorado e que tanto as minhas maldades quanto as minhas carícias trazem alegria para você.

— Sim, tudo em você é bom.

Encostei-me nele e, numa nostalgia até então desconhecida, murmurei:

— Jean, oh, meu único amado! Eu queria ser mulher para ser a sua mulher.

XI

O bedel abusava de seu triunfo. Cada vez mais cabeças baixavam sob o terror; mas em todos os corações se acumulava ódio. Os cantos remotos do pátio assistiram a conspirações. Primeiramente, se prometia apenas "badernar" bastante nos últimos dias, quando não houvesse mais possibilidade de punição. Depois, julgava-se a vingança insuficiente e distante demais. Desejou-se a destituição do tirano.

— Miral e Émile Pérol — declarava um dos mais velhos — ficarão de castigo até darem queixa ao diretor sobre o que o bedel fez com vocês.

— Não — protestei —, não devemos dedurar.

A influência que eu tinha exercido no inverno tinha desaparecido. Fui vaiado. Alguém, inclusive, insinuou:

— Esse François é tão safado que deve até ter dormido com o bedel.

Mas Prieur, chamado de "o Ferrugem", foi bastante enfático:

— Não é nada disso. Tem que chutar esse canalha da porta pra fora... Pérol e Miral não tão a fim de vir junto?... Tudo bem, vou eu lá falar pessoalmente com o diretor. Vamos ver se eles terão a audácia de me fazer passar por mentiroso quando forem chamados...

— Ah! Não pode ser, era só o que faltava, agora. Que surra eles levariam...

Enquanto Pérol e Miral ficavam num canto tremendo da cabeça aos pés, o Ferrugem, seguido por uma multidão, caminhava em direção ao bedel.

— Senhor — disse —, tenho uma carta de meus pais que devo mostrar ao senhor diretor. Posso ir vê-lo?

E o bedel, sem desconfiar:

— Vá, Prieur, vá...

Um instante mais tarde, um doméstico veio chamar Pérol e Miral. Depois, passaram minutos, aumentados pela espera. Enfim, o senhor diretor apareceu. Precipitou-se para cima do bedel e palavras impetuosas estavam engasgadas, prontas para explodir.

Um pouco intimidados, nós nos tínhamos afastado. Não podíamos ouvir, mas observávamos, travessos, a mímica dos dois adversários.

Primeiramente, o semblante do bedel, que tremia feito vara verde, manifestou surpresa e terror. Mas seus braços e o movimento de sua cabeça negavam, indignavam-se: "É uma calúnia infame, senhor diretor. Esses pequenos miseráveis se vingam por eu fazer meu dever, por forçá-los a trabalhar." O senhor diretor se irritava com a mentira insustentável. Via-se que se esforçava para falar em voz muito baixa. Mas seus braços diziam como gostaria de gritar. E eles gritavam: "Cale-se. Não minta. É inútil." Os braços do pobre bedel caíam e pareciam chorar: "O que o senhor quer de mim, senhor diretor?" "Vá embora, vá embora!", dizia o gesto do senhor diretor. Depois, ele se agitava: "Todos os alunos sabem, Prieur me contou. Os externos comentarão em suas casas. Os inimigos da Religião ficarão sabendo e ficarão contentes, e os rumores acerca de sua ignomínia correrão. Mais alguns

dias e uma queixa, sem dúvida, chegará à Procuradoria. E, sob esse governo hostil a Deus, é mais do que certo que serei perseguido. O senhor me arruinou, me arruinou." Mas a atitude do bedel implorava: "Não acabe comigo. Sou mais infeliz que o senhor. O que será de mim agora? Quem vai querer me contratar? Talvez me coloquem até na prisão." O gesto do senhor diretor decretava: "Abandone essa bata que o senhor manchou. Disfarce-se. E fuja bem rápido. Alcance ainda hoje a fronteira italiana." As mãos do bedel se elevavam num movimento carregado de embaraço: "E dinheiro, senhor diretor? Não tenho um tostão. Não será com o miserável salário que o senhor me dava... Preciso de dinheiro para comprar roupas laicas. Preciso de dinheiro para viajar." A mão do senhor diretor pôs uma carteira na mão do bedel. Mas o gesto do senhor diretor tornava-se mais ríspido: "E eu ainda pago por suas burrices. Vá, apresse-se! Não quero mais voltar a vê-lo."

De fato, a notícia se espalhou por toda a cidade. O senhor diretor esperava que o escândalo fosse rapidamente abafado. O bedel estava foragido e, com toda a certeza, fora de alcance.

Mas, uma manhã, um externo contou:

— O bedel está preso. Encontraram-no bêbado em um bordel de Marselha. Ele nem chegou a largar a bata. Preferiu usar o dinheiro em outras coisas que não em vestimentas. Ele queria gastar tudo em farra. Imaginem que foi a pé até Marselha para economizar trinta centavos de trem. Que figura...

O escândalo foi enorme. Miral e Pérol viviam sendo convocados em Aix para prestar depoimento ao juiz de instrução. Dois professores sumiram. Chegou-se ao ponto de fechar o estabelecimento. O senhor diretor teve êxito, no entanto, em sua defesa. Mas os alunos iam embora, uns em seguida dos outros. Os mais fiéis diziam:

— Deixaram-me terminar o ano. Falta tão pouco tempo para as férias. Mas não estarei mais aqui na volta às aulas.

Tio Bertrand, informado por Tia Mélie, chegou, retirou-me do meio empesteado. "Pobre criança", diziam meu tio e minha tia, "é tão ingênuo, não deve ter visto nem entendido nada. Mas, mesmo assim, a longo prazo, quem é que sabe?..."

‡

XII

26 DE JUNHO DE 1901, OITO HORAS DA NOITE.

— Ah, não! Não tenho coragem de contar o resto de minha vida. Aliás, por que o faria? Qual é a necessidade de recordar os fatores externos que ora me separaram, ora me aproximaram de Jean Provençal? E, no que diz respeito a meus sentimentos, o que escrevi basta para me revelar do fundo de meu coração. Tenho sede de morrer. Não quero que me encontrem vivo amanhã. Vou me despojar de meu corpo. Por acaso eu sou culpado de tê-lo maculado? Se vocês condenam um homem por usar roupas de criança, terá ele muito cuidado com seu traje ridículo? Minha alma apaixonada necessitava de um corpo potente. Minha fraqueza me condenou à ignomínia. Não cuidei das vestimentas, pequenas demais. Deus, veja a infelicidade que me causou desta vez. Conceda mais harmonia à minha próxima vida. Acabo de me apresentar, por mim mesmo, diante de sua justiça. O mistério me assusta um pouco. Entretanto, creio estar no direito de Lhe dirigir esta prece: "Somente minhas vestimentas, oh, meu Deus, estavam maculadas. Dê-me agora hábitos do meu tamanho."

Se eu morrer exatamente hoje, talvez obedeça àquilo que Jean Provençal chamaria de fantasia de artista. Nenhum dia me mostraria um resumo tão completo de minha vida decepcionante.

Hoje à tarde, quis dar um passeio a pé. Porém, ao sair, topei com Louise, que tinha acabado de me agarrar e que me forçou a subir em seu veículo.

— Preciso — disse ela — revirar lembranças de infância.

E ainda:

— Busco refúgio no passado porque meu presente é composto de tristezas tão mais atrozes que não as ouso expor.

Depois, fitando-me, acrescentou com um tom no qual a ironia se mesclava à dor:

— Você é bastante feliz. Não carrega nenhuma daquelas feridas que causam vergonha.

Naquele momento, o veículo subia, bastante lento, o Bulevar Saint-Michel. No fiacre do cocheiro François, notei Titine com um rapaz qualquer. Ela fazia exatamente o mesmo gesto com o qual me dissera: "Não é verdade que François é um tipão?"

Não pude conter um sorriso, que enganou Louise. Ela repetiu, desta vez com a voz sufocada por uma angústia de incerteza:

— Sim, você é bastante feliz, já que o pensamento de feridas vergonhosas põe em seus lábios um sorriso de pena e de desprezo.

Olhei para ela com ares de pilhéria e não respondi.

Aquele foi um dia de encontros. Percebi grandes bigodes que apontavam, como um duplo para-raios, suas pontas em direção ao céu. O fantoche esguio que os usava caminhava na calçada. Inclinava-se um pouco à esquerda para dar o braço a Blanche, a deliciosa pequena andrógina. E em direção aos bigodes distintos, Blanche erguia os olhos em êxtase. Não sei o que mais Louise estava falando. Mas sua frase pôs em minha boca esta resposta, talvez mais ditada pelo espetáculo do que pelo diálogo:

— A banalidade é o sal que conserva a felicidade.

De súbito, os dedos de Louise se agarraram a meu braço. Levantou-se pela metade. E, indicando um veículo conversível que corria à nossa frente:

— Está vendo, está vendo os canalhas?

De fato eram eles, Lisa e Jean Provençal. Louise ordenou ao cocheiro:

— Vá, rápido! Tente ultrapassar aquele veículo.

Seus olhos os devoravam. Quando passamos perto deles, ela teve um lampejo de alegria odienta:

— Estão se desentendendo. Tenho certeza. Estão se desentendendo... Ela vai voltar logo, toda choramingando. Mas se está contando comigo para consolá-la...

‡

Tenho medo. Se amanhã Lisa for pedir consolo a Louise, talvez Jean se refugie junto a mim. E eu sou tão covarde, tão incapaz de me defender dele... E uma vez enlaçado em suas carícias, eu não teria mais forças para retomar o rumo à morte necessária.

‡

Parei de escrever assim que ouvi a campainha. Meu camareiro acaba de me entregar um telegrama.

Meu François adorado,

Você vê algum inconveniente se eu me convidar para almoçar amanhã com você? Se não responder, estarei em sua casa ao meio-dia. Retorno, triste e arrependido, ao único coração que me amou profundamente. Retorno, enojado pelo erro, à única beleza verdadeira.

Receba meus beijos, perdidamente.

Jean Provençal

‡

Estupefato, escutei o pêndulo a soar. Não contei as badaladas. Quando ele se calou, coloquei a mão em meu bolso para tirar o relógio. Não concluí o gesto. Não

quero saber do número pelo qual os homens chamam esta hora. Para mim, ela é a hora inelutável, a hora da passagem e da angústia.

Em que lugar estarei dentro de alguns minutos? O que será de mim? Oh! Espero que eu não seja ainda um ser que não foi, um ser que não tem os órgãos de seus instintos!...

Se existe alguém que rege os destinos, esse alguém ousaria me punir do crime que cometeu para comigo?

O Senhor é testemunha de que eu era, por Sua vontade, uma casa cega. Ao contrário de tia Mélie, não fechei em absoluto as janelas. Foi o Senhor quem não perfurara janelas na parede. A luz do sol não pôde penetrar aqui. Substituí a carícia ausente do céu pela claridade das lâmpadas. Mas somente o dia natural é uma inundação de felicidade. As luzes artificiais — ah!, com que crueldade o Senhor me ensinou! — formam, ao redor de um pequeno círculo de alegria vacilante, um grande círculo de penumbra e de tristeza. Mas, pergunto-Lhe — porque, talvez, o Senhor seja justo —, quem é o responsável pelas tentativas em que me feri? Não é aquele que me exilara das volúpias normais, que igualmente me recusara os triunfos vigorosos do homem e as derrotas extasiadas da mulher?... Pobre casa cega que chamo de meu corpo, eis que você cairá, demolida. Você restituirá a uma vida mais harmoniosa e a uma morada menos sombria o desgraçado prisioneiro que há vinte e seis anos definha em suas trevas?...

François de Taulane se matou na noite de 26 a 27 de junho de 1901. Seu camareiro ouviu um tiro de revólver. Acorreu. No momento em que ele abria a porta, um segundo golpe retumbou. Encontrou seu patrão todo banhado de sangue, de olhos ainda abertos para a estranheza da vida, estrebuchando seu último estrebucho.

François de Taulane, em imperdoável esquecimento pela devoção de seus empregados, foi negligente em redigir um testamento. O camareiro nos vendeu seus cadernos esguichados de sangue, que encontrou na escrivaninha de seu patrão e que publicamos na presente ocasião. Ele afirma — e é um homem honesto — que este manuscrito é o único objeto do qual se apossou.

FIM

Na seção "Páginas inéditas", dos Cahiers des Amis de Han Ryner, *n. 107 (dez. 1972, p. 26-27), consta a reprodução de um epílogo que Ryner não manteve na versão final. Aqui o reproduzimos.*

A MENINA QUE NÃO FUI

(Final alternativo)

No final da terceira parte, ele não se mata. É detido por uma erupção de pensamentos que ainda lhe parecem inexprimíveis. Sente apenas que deve tentar outra coisa.

EPÍLOGO

As páginas anteriores foram escritas com tinta verde em papel imperial do Japão. Encontrei-as em uma caixa preciosa na casa de tia Mélie. As poucas páginas do epílogo foram escritas a lápis em um caderno escolar e encontradas sobre o catre no casebre em Gabion.

François quis libertar-se da emoção amorosa e trocá-la pelas emoções do jogo. Como era rico, ganhou com indiferença. Perdeu, perdeu muito, perdeu quase tudo. Então se deteve por razões morais.

O jogo aumenta nossa servidão, entrega-nos às baixas divindades que nossa necessidade monoteísta, ou simplesmente nossa necessidade de agrupar os deuses em poucos deuses, chama de sorte. E, no entanto, é preciso livrar-se, depender o mínimo possível dos seres e das coisas, principalmente do desconhecido. — Matar-se também é um gesto de jogador.

Não depender. Não depender do corpo nem da parte baixa de nossa alma, a sensibilidade. Suprimir a necessidade de emoção. A emoção é uma serva que avisa que tal coisa é boa, que tal coisa é má. Porém, se permitirmos que ela tome o controle, ela nos escraviza.

Libertar-se. Ele se libertou. Fechou as portas e as janelas da casa de tia Mélie, deixou o oásis de Reber e, a alguns quilômetros dali, em plena Provence rochosa, instalou-se à beira do lago. Em sua grande propriedade em Gabion, há um canto verde e fresco, o pomar. Mas ele puxa a água com um pomo-caso[1] e a ajuda de um asno.

Há moringas, cabras, galinhas. Ele vive de frutas, ovos crus, mel, leite. Sem pão. Nada preparado.

Uma última fraqueza. Um cão para ser amado. Ele o chama de "Ultime". Um cão, geralmente, deveria morrer antes dele; o cão, morto, não será substituído.

Ele passa seus dias trabalhando no pomar, levando

---

1 Na edição francesa referida, os editores assinalam que se trata do *pouso-raco* (ou *noria*, em provençal), um sistema hidráulico para extrair água.

as cabras pela imensa colina pobre de Gabion, remando na barca. Todas as manhãs e todas as noites, ele toma um rápido banho de mar, faça chuva ou faça sol.

Ele vive quase nu, veste um calção de banho.

Tem barba rala e, nos braços esfolados e queimados de sol, assim como no peito, alguns pelos. Ele não é mais a mulherzinha. Só é preciso comer para viver, acariciar para perpetrar.

SEGUNDA ANOTAÇÃO QUE COMPÕE O EPÍLOGO

A folha do coletor de impostos, alguns dias antes. Os vizinhos de Reber lhe escreveram ameaçando processá-lo se ele não carpir o terreno de sua propriedade. Ele se veste, vai encontrar-se com um camponês de Reber, entrega-lhe a posse de seus bens. O camponês, que ganha tudo de mão beijada, deverá pagar o coletor de impostos, carpir o terreno de Reber e mais nada. A escritura, para ser válida, indica uma pensão vitalícia, mas que não será paga.

O camponês, Marius Goiraud, traz provisões para ele. Ele recusa tudo. Tem comida o suficiente para as raras refeições que se permite.

No dia 5 de julho de 1900, foi encontrado, à beira do lago, o corpo de François de Taulane, repelido pelo mar. Acidente ou suicídio. Marius Goiraud considerou *Ultime* parte da herança. *Ultime* não concorda, recusa qualquer comida, volta para perto do lago, no lugar onde velou o corpo de François, e se deixa morrer.

POSFÁCIO

ESBOÇO DE UMA IDENTIDADE TRANS NO SÉCULO XIX: A MENINA QUE NÃO FOI

RÉGIS MIKAIL[1]

1 ABUD FILHO, Régis Mikail. *Esboço de uma identidade trans no século xix:* La Fille manquée, de Han Ryner. Revista Brasileira de Literatura Comparada, v. 23, n. 44, p. 1-19, set.- dez., 2021. doi: https://doi.org/10.1590/2596-304x20212344rmaf.

LA FILLE MANQUÉE E A ATUALIDADE

No romance *La Fille manquée*, observa-se a visão libertária e emancipatória de Han Ryner (1861-1938), escritor anarquista e pacifista, cuja originalidade revolucionou ideias socioculturais e literárias no século XIX na França. No Brasil, a divulgação e tradução de sua obra deve-se em grande parte a Maria Lacerda de Moura, que, inspirada pela verve libertária de Ryner, repercutiu em seus textos autorais ideias transgressivas para a época, como o amor livre e a emancipação da mulher. Como então explicar a escassez de estudos, tanto no Brasil quanto no exterior, sobre *La Fille manquée*, narrativa que aborda uma psique não hétero e não cis?

A expressão *fille manquée* (literalmente "menina falhada" ou "menina que não foi") conota, em língua francesa, o homossexual masculino, atribuindo-lhe uma identidade de gênero feminina, algo aproximadamente traduzível como "a menina que não vingou" ou, ainda, os termos "mulherzinha", "bichinha", "mariquinha", que soam mais pejorativos em português devido à presença do sufixo diminutivo feminino, em uma clara depreciação machista e androcêntrica.

A publicação do romance em 1903 escandalizou a França por escancarar a homossexualidade masculina — e, possivelmente —, uma identidade trans. O lirismo verbal de Ryner prenuncia conceitos que serão posteriormente desenvolvidos durante os primórdios da psicanálise. Sob a luz de discursos psicanalíticos, estéticos e principalmente literários, propomos uma leitura da representação das questões de gênero, evocadas em uma narrativa que, apesar de certos traços emancipatórios e ensaísticos, apresenta-se sobretudo como obra de ficção.

Por um lado, as conquistas trazidas pelos estudos de gênero e pela teoria *queer* da atualidade parecem ter relegado *La Fille manquée* a um lugar obsoleto dessa

literatura inicialmente representadora — e hoje já não tão representativa — das identidades homo e trans. Por outro, há nessa representação um aspecto parcialmente negligenciado, e que merece ser trazido à luz: a identidade trans na construção psicológica da protagonista. Ora, a recente republicação do romance em 2013 pela editora francesa GayKitschCamp (coleção Questions de Genre), enriquecida por um dossiê explicativo de Marie-France David de Palacio e Patrick Cardon, atesta um interesse vivaz na problemática do romance. Os poucos estudos sobre a androginia e a psique não totalmente cis da protagonista, François de Taulane, permanecem marginais em comparação à maioria das reflexões sobre *La Fille manquée*. Focando quase exclusivamente a homossexualidade masculina, esses estudos pressupõem a cisgeneridade de François sem considerar o caráter problemático dessa mesma cisgeneridade. Ora, o fato de a transexualidade ser tratada na literatura do fim do século XIX e do início do século XX de maneira absolutamente marginal e superficial — mais como uma prática eventual de travestimento — não implica que a reflexão sobre transição de gêneros não existisse.

Justamente no anacronismo de uma época em que se desconheciam os estudos de gênero reside a pertinência de *La Fille manquée*. Do ponto de vista do foco narrativo e do pacto ficcional, o leitor se depara com a "autoficcionalidade de um outro", já que afirmações de veracidade pelo autor Ryner precedem sua intriga. As (fictícias) memórias de François em primeira pessoa se revelam atuais em termos literários devido à verossimilhança, tanto na realidade diegética quanto extradiegética do romance. Ryner constrói um mapeamento do desejo e da identidade de gênero ao traçar as incertezas da personagem, ora sugestionando, ora esmiuçando sua realidade psicológica. Embora as descrições do desejo da protagonista sejam expressadas na primeira pessoa, algo considerado *sui generis* para a época, Ryner se abstém de

qualquer laivo de julgamento, deixando a entender que a sexualidade e a natureza humanas são mais complexas do que aparentam ser.

Seria então "permitido" a Ryner, no contexto contemporâneo, escrever sobre uma identidade sexual e de gênero que não correspondesse à sua, ou seja, como homem, heterossexual, cis e branco? Conceitos como "leitor sensível" e "lugar de fala" espocam na crítica literária atual, de modo que se indaga: com que propriedade um autor heterossexual poderia descrever os desejos e apossar-se da identidade, da psique e de uma luta que ele supostamente desconhece? Por mais complexa que seja a relação de Ryner com o amor[1], é importante salientar que ele, em sua personalidade progressista manifesta nos gêneros literários que exerceu, defendeu veementemente todas modalidades de amor, ato de coragem incomum para seu tempo, e que será relevante para as reflexões atuais sobre práticas sexuais e identidades de gênero.

A IDENTIDADE DE FRANÇOIS: O CONTEXTO MÉDICO E AS REPRESENTAÇÕES LITERÁRIAS

Em primeiro lugar, para compreender a problemática suscitada é preciso situar a estrutura da narrativa, dividida em três partes, além de um prólogo e um epílogo. Quando da primeira edição, a livraria L. Genonceaux et Cie. anunciou nos paratextos o sucesso desta "estranha história de um homem que a impotência jogou aos costumes contranaturais"[2]. O comunicado louvou a "ab-

1 Ver o verbete "Amour", escrito por Ryner, na Encyclopédie Anarchiste, disponível *on-line* em http://hanryner.over-blog.fr/article-11314109. html, consultado em 23 de março de 2021, ou em FAURE, 2013.

2 Todos os trechos citados foram traduzidos neste posfácio. As obras citadas estão indicadas na bibliografia.

soluta sinceridade" e "tanta habilidade para envolver as audácias mais perturbadoras de maneira elegante" (RYNER, 2013, n.p). No prefácio da primeira edição, já se alegava tratar-se de um manuscrito encontrado: "O manuscrito de François de Taulane, que publicamos ao presente, não contém título algum" (RYNER, 2013, p. 7). Ryner manterá estabelecido o pacto ficcional da suposta autenticidade do documento, redigindo uma nota de rodapé na qual explica que, com exceção da segunda parte (onde as lacunas entre datas do diário indicam o repouso da atividade sexual intensa da personagem), foi preciso retornar "[à]quelas páginas legíveis pela quebra de sua massa compacta, e esclarecendo-as através de diversos artifícios tipográficos" (RYNER, 2013, p. 7). O tom técnico da nota é entretanto interrompido pela citação de um verso de Alfred de Vigny, grafado nas anotações de François — "L'homme a toujours besoin de caresse et d'amour" [O homem sempre precisa de carinho e de amor] (RYNER, 2013, p. 7), verso que indica certa inocência da personagem e relativiza o olhar sobre suas pulsões. Mais adiante, compreenderemos que por "carícias", termo empregado à exaustão por François, entende-se um amálgama de afeto e sexo, permeado por entrecruzamentos de sensações estéticas, verbais e picturais, evocadas quando o próprio François se enxerga no feminino. Para tal, a crítica psicanalítica freudiana se mostra pertinente em nossa análise, considerando-se o contexto do romance, além de indicar caminhos para as superações ganhas com as teorias de gênero do presente.

Evidentemente alheio à atual possibilidade de redesignação de identidade de gênero, François está condenado a enxergar-se muitas vezes mais como uma *fille manquée* do que como homossexual masculino, sem no entanto conceber plenamente sua identidade feminina. A diferença entre um François e, por exemplo, o anônimo correspondente epistolar de Zola — um caso verídico de um homossexual napolitano que lhe pediu que publicasse suas cartas confes-

sionais — é evidente nesta questão de gênero. Zola recebe cartas de um homossexual que lhe pede para publicá-las, a fim de tornar sua história conhecida. O escritor cumpre o pedido. As confissões ambíguas do anônimo, ora orgulhoso e altivo, ora autodepreciativo quanto à sua sexualidade, vêm à tona. A literatura médica analisou o caso seguindo os padrões científicos ainda incipientes sobre o tema, ignorando questões de gênero e de sexualidade como as conhecemos hoje. A identidade feminina de François é muito mais clara do que a do correspondente real de Zola, apesar de este ser classificado como *"inverti-né féminiforme"* [invertido-nato feminiforme] (LAUPTS, 1910, p. 46). As passagens explicitamente eróticas do correspondente são impregnadas de uma então recente moral laicizante, tão condenatória da homossexualidade quanto a Igreja Católica. De fato, as censuras vindas da Igreja perdiam força e tomavam lentamente a forma de supostas patologias científicas, igualmente infundadas. Inclusive, os trechos picantes do correspondente de Zola foram vertidos ao latim pelo pudibundo Dr. G. Laupts, médico analista do caso. Assim, as cartas e os comentários em forma de estudo nos permitem compreender o espírito científico da época e as investigações sobre a sexualidade humana, com o intuito de elucidar a figura do caso peculiar de François na ficção daquele século.

Em *La Fille manquée*, a percepção de François sobre sua identidade, seu corpo e os corpos alheios permanece enclausurada no campo do imaginário, antecipando as reflexões de Judith Butler sobre a construção de sexo e o desejo, quando tais possibilidades e reflexões se apresentarão epistemologicamente:

> [...] para que simplesmente se deseje, pode ser necessário acreditar em um outro eu corpóreo que, dentro das regras de gênero do imaginário, possa adequar-se às exigências de um corpo capaz de desejo. Essa condição imaginária de desejo sempre excede o corpo físico, através do qual ou no qual opera. (BUTLER, 1990, p. 96)

Veremos que François demonstra plena lucidez quanto ao objeto de seu desejo. Ele se percebe, e muitas vezes se aceita, como feminino e no feminino através da linguagem e do olhar do outro, de modo que nele uma identidade inteiramente masculina ou inteiramente feminina parece impossível.

Em segundo lugar, enquanto situamos os episódios principais do romance nesse âmbito, analisaremos a representação do desabrochar identitário e sexual de François sem pretensão à exaustão literária ou psicológica. A curiosidade do leitor a respeito do desdobramento de sua história é garantida pela técnica de Ryner, cujo texto instiga o desejo de conhecer o percurso psíquico de François, mais do que as peripécias da intriga, apesar de ele já ter anunciado desde o início seu suicídio. Na construção da mimésis através do foco narrativo de François, a realidade circundante confunde-se com a construção de sua realidade psicológica em suas transformações. Essas transformações vão ao encontro da ressignificação aferida por Amara Moira Rodovalho ao "tornar-se" da afirmação de Simone de Beauvoir:

> [...] não se cria ninguém, desde o berço, para ser travesti: o "não se nasce, torna-se" da Beauvoir assume um sentido todo particular em se tratando dessa categoria, pois não existe a opção "nascer" para nós, mas tão somente a opção "tornar-se". Faz diferença a travesti dizer-se "homem" ou dizer-se "mulher" diante das tantas violências a que estará sujeita? (RODOVALHO, 2017)

Com vistas a compreender a identidade trans imperfeita — no sentido de "inacabada" — de François e por que esse devir ao trans não se realiza, não pudemos deixar de parafrasear e citar aqui, o mais resumidamente possível, diversos trechos do romance. Além de procurarmos esclarecer a intriga, faz-se também necessária a reflexão sobre a relação entre homossexualidade e a suposta "patologia" da personagem.

Considerando-se as poucas publicações sobre *La Fille manquée*, romance à contramão dos discursos médicos do século XIX, nosso questionamento acerca da identidade trans de François permanece à margem dos estudos sobre o texto, salvo algumas reflexões, como a resenha de Nicolas Tessé, que não se hesita em referir-se a François no feminino:

> *La Fille manquée* não é nem homossexual [*homosexuelle*, no feminino] nem travesti [*travestie*]; transgênero, em rigor, mas sobretudo [está] constantemente por um fio de saber quem ela é, quem ela quer ser, quem ela teria interesse em ser. Han Ryner, ao ter percorrido esse dilema na espiral de peripécias sentimentais de sua personagem, só encontrou solução para esse problema em seu trágico fim. Terrível destino, lamentável, mas que, carregado pela heroica figura daquele que morreu pela liberdade da dúvida, mais do que pela servidão às ideias, nos diz que "uma sexualidade feliz é uma sexualidade na brecha, que sabe deixar-se ir através de todas as agitações que a atravessarão, tanto as favoráveis quanto as infortunadas." (TESSÉ, 2014)

No campo da prática e da *performance* de gênero, inferir necessariamente a homossexualidade, pré e pós-transição, do indivíduo trans é uma conclusão no mínimo atamancada. No século XIX, entretanto, a associação da condição homossexual à identidade transexual era amalgamada. Se a transexualidade foi quase totalmente invisibilizada naquele século, a homossexualidade figurava como patologia entre as teorias fisiognomistas e frenologistas, pseudociências levadas a sério por Cesare Lombroso, herdeiro de modelos de compreensão da sexualidade humana. Esses modelos baseavam-se na classificação dos modelos de sexo dos séculos passados, lembrada por Ícaro Gaspodini e Jacqueline Gomes de Jesus (2020), e que precediam o "Modelo da diversidade sexual" surgido a partir do século XX.

O primeiro, o "Modelo do sexo único", em vigor até o início do século XIX, vê na mulher uma forma defeituosa e incompleta do sexo masculino (modelo subjacente em *La Femme criminelle et la prostituée*, de Lombroso); o segundo, existente desde o século XVIII até o princípio do século XIX, alegando ser o sexo feminino diferente do masculino, vale-se desta justificativa para considerar as mulheres incapazes de realizar tarefas supostamente masculinas (GASPODINI; JESUS, 2020, p. 34-35). De modo geral, na ficção e na literatura que abordava o amálgama transexualidade/homossexualidade, esses modelos de sexualidade ainda se alastravam na representação de ideias — o que, no caso de *La Fille manquée*, não quer dizer absolutamente que Ryner tivesse recorrido a tal não diferenciação com os diagnósticos comumente proferidos em sua obra.

As teorias de Lombroso, diga-se de passagem, são curiosamente concebidas e verbalizadas à maneira da narrativa de ficção, como revelam as leituras dos relatos de suas "descobertas" pseudocientíficas. Efetivamente, elas se apresentarão como "ficções" mais ou menos fantásticas em razão de sua inexatidão e de seu caráter pouco científico, se compararmos esses relatos ao rigor da metodologia científica contemporânea (RENEVILLE, 2013, p. 107). Se há patologia em *La Fille manquée*, esta prescinde da sexualidade e da identidade de François como uma clorose (doença atribuída às mulheres, também conhecida como *morbus virgineus*) ou de qualquer outra patologia de cunho mais social do que médico, daqueles males inventados, que não se esquivam de traços misóginos e sexistas.

Porém, François apresenta sintomas de doenças de tipo neurológico ou mental, sem que estas sejam nomeadas. Os traços neuróticos de François e a somatização de sua depressão se apresentam, por exemplo, na síncope (epiléptica?) que ele sofre quando seu amante Davignon morre. A doença não parece decorrer de sua

homossexualidade; ao contrário, tem-se a impressão de que comportamentos patológicos o acompanham. Sem controlar seus desejos e incapaz de cumprir sua identidade de gênero, mais do que de realizar sua sexualidade, François adoecerá devido à solidão e à compreensão — ou à própria incompreensão? — de sua identidade.

SUBMISSÃO E DOMINAÇÃO FEMININA: DO FELINO À *REINE FRANÇOISE*

La Fille manquée exprime bem o ar daquela *Belle Époque*, bela senão para poucos, na qual androginia, efeminação e homossexualidade masculina vividas às escondidas eram indistintas pelo senso comum. É preciso, inclusive, atentar para não pressupor a identidade transexual de François a partir de sua efeminação, com base na teoria de gêneros. Assim, termos como "pederastia" ou "terceiro sexo" (a exemplo do livro homônimo de Willy) são atualmente considerados inexatos, mas eram frequentes na literatura médica e de ficção. Revelam, no caso de François, o aspecto mais passivo do sentimento amoroso, uma identificação com a suposta submissão feminina de François em sua tentativa fracassada de experiência sexual com a prima Lisa depois de ter se relacionado com rapazes:

> Soube depois que existe outra carícia viril além das que eu via. Jean Provençal, [...] que no entanto é, mais do que a própria Lisa, o mestre do meu destino, não me deixou ignorar nada. Impôs a mim o abraço horrivelmente doloroso que esquece que a mulherzinha não é mesmo uma mulher de verdade, que o amante — quase a amante — não tem órgão algum da volúpia passiva e que meu corpo só pode ser penetrado pelo sofrimento. (RYNER, 2023, p. 60)

Observa-se uma clara identificação de François com o estereótipo feminino submisso da época. É na violenta demonstração de ciúmes do colega de internato Jean,

“maldoso como uma mulher” e amado por ele “como se [...] fosse Deus” (RYNER, 2023, p. 185), que François dá vazão às primeiras pulsões masoquistas. Quando o amante-verdugo Jean ameaça matá-lo, ele pede que lhe deixe sentir o gosto de suas carícias. Assim, humilhando a maricas (François), Jean manifesta seu desejo de que ela seja sua escrava. A própria “mulherzinha”, como quem se vê de fora, responde também na terceira pessoa; refere-se a si mesma por meio de seu apelido feminino e consentirá alegremente em subjugar-se, em um comportamento que recrudescerá ao longo da narrativa.

Os atos de François não são tratados como perversos no romance. Pode-se observar, ao contrário, certa falta de malícia da infância, momento em que os julgamentos morais ainda não tomaram forma na linguagem poética do narrador em primeira pessoa. Rememorando sua vida com recuo, François evoca no início de suas memórias os efeitos deletérios de sua vivência no colégio interno Saint Louis de Gonzague (frequentado pelo próprio Ryner de 1877 a 1879). Intelectual e esteta, ao mesmo tempo que é influenciado por certo determinismo filosófico, François afirma não poder escapar do meio que contribuiu à sua formação naquele espaço de atividade sexual intensa (o afã por sexo apresenta-se, aliás, como compensação da não realização identitária). Através de tal determinismo, transparecem resquícios naturalistas da construção da personagem, conforme suas próprias palavras:

> O que pode ter formado esse mesmo meio? A amenidade voluptuosa da região é a culpada? É preciso culpar a imensidão da casa, construída para mil e quinhentos alunos, e suas inúmeras partes inabitadas, quase desconhecidas, onde era possível errar em liberdade? Deve-se acusar o diretor de indulgência criminosa e de otimismo voluntariamente cego, ou era impossível obter algo melhor dos alunos que lhe eram confiados? Em sua maioria, marselheses sem família ou quase abandonados por suas famílias. Os órfãos, muitos; os filhos ilegítimos, não raros.

> Não posso esquecer os costumes infames da maioria dos mestres, professores de araque, jovens de bata que a fome havia vestido com o uniforme eclesiástico, pobres sedentos de amor, exilados do mundo feminino por sua miséria, sua timidez e seu hábito, a enganar sua concupiscência como podiam. (RYNER, 2023, p. 49)

Nessa passagem, lê-se que a miséria financeira e espiritual é responsável pela formação do meio, que por sua vez forma as pessoas. A fome é o agente, como lemos acima, o agente que havia revestido os jovens da libertação eclesiástica, por exemplo, em uma construção verbal pela mesma sintaxe aqui apontada no início (a impotência de François que o levara à sua desgraça). Mais adiante, François explicará melhor essa concupiscência onipresente no colégio:

> [...] a Instituição Saint Louis de Gonzague era um asilo de carícias viris, uma cloaca de alegrias vergonhosas. Em toda parte, atrás dos vastos plátanos dos imensos pátios; na sala de estudos, abrigados pelas carteiras elevadas; em todos os cantos perdidos trocavam-se beijos o dia inteiro. À noite, o dormitório ganhava uma infame vida de sussurros e toques. (RYNER, 2023, p. 49-50)

Nesse escopo determinista, os termos mais recorrentes no romance serão, de fato, "carícias" e "alegrias", únicas formas de compensação possível para a desolação:

> Os amores pueris de Reber eram fáceis e doces, sem crueldade para o fraco. Não demorou até que a experiência de meus olhos se expressasse assim em minha mente: "Há duas carícias. Na primeira, a mão colhe uma flor de alegria. Na segunda, é a boca que está feliz e que faz feliz". (RYNER, 2023, p. 60)

Não obstante a repetição obsessiva das "carícias", subterfúgios do próprio narrador para evitar termos mais explícitos referentes ao âmbito erótico, o lirismo do olhar de François sobre seu passado faz-se verbo na mente que concebe as palavras e na boca que as profere;

na mente que imagina amores e na boca que os realiza.

O lirismo tomará proporções sinistras já anunciadas no início do romance, ou seja, o suicídio de François. Ele examina suas atitudes pregressas de tal modo que o leitor, a princípio, tem a impressão de estar diante das confissões de um padre:

> Creio ver um monge, numa céla quase sem móveis, a meditar. Está sentado numa cadeira de palha diante de uma mesa de madeira branca.
>
> Num canto, a cama aguarda seu próximo sono, uma cama rude, feita com algumas ripas, um pouco de palha, dois lençóis ásperos e uma coberta cor de fuligem. Esse monge tem um rosto delicado, imberbe, feminino e, por baixo da veste grosseira atada por uma corda à cintura, a flexibilidade franzina de um corpo se agita. Esse monge sou eu mesmo. (RYNER, 2023, p. 25-26)

Aos poucos se percebe que a figura eremítica não é de um religioso, e sim de um homem de natureza feminina. Encerrado em sua biblioteca, ele confessa: "Lembro-me de estar em minha biblioteca inteiramente povoada por móveis com figuras sorridentes e voluptuosas, e essa minha estante que, sem os livros, lembraria uma alcova grande demais" (RYNER, 2023, p. 26); esse espaço, assim como o isolamento e a hipersensibilidade estética explicam o caráter literário de François, tão marcante quanto seu amor pelas artes plásticas.

Logo após esta descrição situacional, seguem-se retrospectivamente as memórias da primeira parte de *La Fille manquée*. Nela, aborda-se a infância do órfão François, confiado aos cuidados dos tios. Ele havia encontrado acalanto na figura paterna após a morte da mãe ao dar-lhe à luz. A recordação materna, "com [...] ares de realeza", inspira-lhe medo (RYNER, 2023, p. 32). O pai "partirá" em seguida, e durante os carinhos dúbios com o tio que o adotará, François verá a si mesmo como um "felino" em busca de carícias escondidas,

manifestação precoce de androginia e animalidade de um desabrochar de sua sexualidade:

> Sua ternura me atraía, sedutora e frágil como um olho-d'água. Quando não corríamos o risco de sermos surpreendidos, ele não parecia espantado nem com minhas primeiras roçadelas de pequeno felino selvagem, nem com a voracidade súbita com a qual eu me lançava sobre ele e o escalava em investidas por beijos. Restituía-me carícia por carícia. Lágrimas bruscas me rebentavam os olhos e ele as enxugava quase sem dar bronca. (RYNER, 2023, p. 33)

Em sua manifestação sexual instintiva precoce, a vivência sexual de François se esboça como uma busca de carícias, já que a esposa do tio, Désirée, e as primas, Louise e Lisa, só lhe reservavam humilhações:

> Minhas primas não gostavam muito de mim. Louise [...] gritava a cada movimento meu, me acotovelava, me batia. [...] Lisa, como costumávamos chamá-la, tinha quase a mesma idade que eu e vê-la era sempre uma emoção nova para mim, pois não se poderia conceber beleza mais extraordinária. Seus traços lembravam os de minha mãe, tinham algo de definido, de bem-acabado que, ao que parece, deve certamente ter causado mágoa em alguma criança. Mas o nobre desenho desses traços não feria, pois a fisionomia só manifestava doçura. O rosto é um poema; a fisionomia, uma música: as palavras podem ser belas, de uma beleza precisa e suspensa, desde que o movimento melódico seja de uma graça esvoaçante. Mas aqui não havia apenas algo completo; havia paradoxo harmonioso, havia um charme altivo muito difícil de colocar em palavras. (RYNER, 2023, p. 33-34)

Em suas reflexões, François projeta, não sem certa misoginia, sua identidade feminina na figura cruel atribuída à mulher, pois se mostrará dominador e altivo como Lisa no campo da satisfação de suas carícias com os rapazes. Por exemplo, no fim de sua história, ele

se alegrará ao ver o motim causado no internato, ao observar os meninos brigando para colocarem seus nomes na lista onde estão assinalados aqueles que receberão seus afagos. A transição psíquica de François, em sua identificação com o feminino conforme à sua vivência, atravessará sempre essa representação da *femme fatale* de Lisa e de sua mãe, em contraste com sua índole angelical.

Após a morte dos pais e a adoção provisória pelos tios, antes de confiar François ao colégio interno, o tio leva o menino à casa de tia Mélie. Semelhantemente à personagem proustiana tia Léonie, ela vive acamada entre as janelas de seu quarto sombrio, açambarcado de velharias. Suas palavras proféticas serão relembradas por François em sua solidão: "Meu pobre François [...] você se parece comigo" (RYNER, 2023, p. 39). A enclausurada vive em um mundo no qual não se encaixa, tal qual François: os médicos a tinham mandado para uma região de clima ameno meridional, mas ela não consegue viver de janelas abertas, pois o sol é forte demais. Nem mesmo se ela estivesse em Paris poderia estar à vontade devido ao clima ríspido. François também se deparará com os mesmos problemas nos espaços geográficos — e psicológicos — de sua vida.

No primeiro encontro, tia Mélie prejulga mais uma suposta semelhança entre ambos: "François é como eu, não gosta de carícias" (RYNER, 2023, p. 38), o que, bem se sabe, acabará se revelando inexato. No meio da penumbra do quarto, ele percebe na luz um "angorá majestoso", identificando a si mesmo como carinhoso e ao mesmo tempo arisco:

> Ronronando sem parar, veio até sua dona, a escalou, esfregando-se, até sobre seu ombro e, relando a cabeça contra as bochechas da solteirona, afundou seu focinho em direção ao focinho de tia Mélie. O focinho sensibilíssimo, ao qual o mínimo contato era penoso, se virou, acolhedor, deitou-se fazendo um biquinho

de felicidade. Trocaram um beijo, e também um olhar de amor. Sim, realmente, naquele segundo os olhos ternos de tia Mélie tiveram o brilho de um olhar. (RYNER, 2023, p. 38-39)

Em consonância com o determinismo refletido na estética naturalista, o ambiente geográfico também exerce influência sobre François em suas reflexões, cuja morbidez confirma certas impressões da tia acerca de sua insatisfação:

> A beleza da região me emocionava cada vez mais e me satisfazia cada vez menos. Estaria cometendo um erro, uma espécie de sinceridade, se juntasse em descrições os detalhes que me agradavam. Uma descrição é algo claro, estável, fixo, um pouco pesado, e meu amor por essa região sempre foi um desassossego. (RYNER, 2023, p. 51)

No internato, François cai nas mãos do diretor, o abade Saurien. Ali se travavam aquelas "amizades particulares", que desempenharão o mesmo papel do tio em sua vida afetiva pré-adulta, a saber, carícias de "felino":

> Após sua partida, eu suspirava, em parte porque ele não estava lá, mas sobretudo porque eu não ousara os carinhos mais íntimos que tio Bertrand me permitia: eu não me atrevera a saltar sobre seu pescoço e a regalar meus lábios contra suas bochechas; sequer ousara me esfregar em seu corpo com meu corpo felino. (RYNER, 2023, p. 44)

De fato, as crianças rebeldes, os professores desinteressados e o bedel odiado pelos internos lhe trazem à memória a crueldade das detestáveis primas e de tia Désirée, em uma espiral sem fim de projeções confusas. Sobretudo Lisa, que o beliscava até fazê-lo sangrar, era a mais amada por ele por ser mais sádica: uma verdadeira esfinge "indecifrável", com sua "fisionomia que mente" (RYNER, 2023, p. 34). Apesar de ter tentado, François é incapaz de fazer

sexo com Lisa, que desempenha papel fantasmático crucial na "transformação" dele em La Reine Françoise, apelido que lhe é dado pelos colegas, evocando o *tópos* da mulher cruel, recorrente no tardo século XIX, a exemplo do mito bíblico de Salomé por Wilde e Flaubert, entre outros.

SADOMASOQUISMO: UMA CARÍCIA?

Na segunda parte, escrita em forma de diário iniciado em 11 de abril de 1899, François e Lisa vão passar férias na praia, em uma tentativa de forçar uma história de amor. É o único momento em que ele afirma ter [s]e sentido viril. Na ânsia de abandonar seu desejo homossexual e sua efeminação, ele chega a acreditar que ama Lisa, mas logo depois se desengana. Mesmo tendo exercido vigorosas atividades sexuais com a prima, a insaciabilidade da moça acaba exaurindo a saúde frágil de François, que ficará acamado por dias. Nesse período, o mais doloroso segundo suas descrições, Lisa é descrita como belíssima. Trata-se, entretanto, de uma beleza platônica, de um desejo cerebral. "Soberana" e "altiva", ela sempre havia se apresentado como projeção materna de François:

> [...] assim como o sorriso modifica às vezes o sentido das palavras pronunciadas, certos rostos se cercam de uma inexprimível atmosfera que modifica toda a expressão. Em suas fotografias, Lisa só manifesta altivez e desdém. Mas, na vida, como o olhar desmente deliciosamente os olhos, como o sorriso declara os lábios mentirosos, como a luz emanada proclama que todo o semblante engana! (RYNER, 2023, p. 34)

Eis que François se dá conta de sua natureza feminina:

4 DE MAIO.
Esta noite, tentei... Oh! Fui tão modesto, não tive a presunção de querer ser um homem. Tentei, como posso dizer?... Ser uma

mulher que ama outra mulher. Lisa me rechaçou: "Não, assim não!" (RYNER, 2023, p. 110)

Naquele momento histórico, convém lembrar, não se costumava conceber a homossexualidade nem a bissexualidade trans. De início, François parece, contudo, mais bissexuado do que propriamente bissexual, procurando adaptar-se às circunstâncias do meio, sem êxito: "Sua esperança será realizada por outro: os braços viris não são raros. Já eu, encontrarei um dia uma mulher que se satisfaça com o amor da 'mulherzinha'?" (RYNER, 2023, p. 111)

Até então, as carícias com os colegas de internato eram consideradas brincadeiras por ele, apesar dos desdobramentos sadomasoquistas. Jamais a palavra "sexo" é empregada no texto em referimento às experiências futuras de François. Porém, se por um lado François conseguirá reconhecer sua natureza homossexual, por outro, relutará em aceitar plenamente sua identidade feminina, permanecendo confinado na incerta condição de "maricas". Essa identidade feminina alinha-se mais ou menos ao que a sociedade burguesa esperava de uma mulher: uma docilidade, com a qual François jogará invertendo papéis de dominação e submissão, em uma *performance* de dominação e autoridade quando das carícias com os colegas.

O ponto de vista de François sobre as mulheres, cuja misoginia corresponde à própria autodepreciação, já se manifestava em frases soltas durante sua infância. Assim, ao ter afirmado que "As mulheres nunca têm coração" (RYNER, 2023, p. 35), ele levou uma palmada de tia Désirée. A esta lembrança de François segue-se um questionamento intelectual sobre o masoquismo e o desejo, em um total rechaço das impressões pré-românticas de Rousseau em *Emílio*, cujo vulgar masoquismo ele censura:

Eu não tinha a bruta e precoce virilidade de Jean-Jacques Rousseau, aquele plebeu, aquele sabujo. Não experimentei volúpia

alguma ao levar uma palmada de mãos femininas. É ainda com sentimento de ódio e pavor que me vejo novamente ali, pobre ser que se agita abaixo do braço da criatura gigantesca e ossuda. Ainda sinto os golpes despencando sobre mim, frequentes, e o rubro da cólera me sobe ao rosto. (RYNER, 2023, p. 35)

Embora não as formule em termos científicos, sociológicos ou psicológicos, as impressões de François sobre si mesmo se realizam nas palavras e no jogo poético, processo que Amara Moira Rodovalho caracteriza como "negociação tensa de sentidos":

[...] a autoidentificação não dá conta de resolver o caso, visto que o papel que a pessoa desempenha no mundo não é decidido de maneira unilateral, por decreto, mas sim através duma negociação tensa de sentidos entre o que é ser e o que é parecer (RODOVALHO, 2017)

Precisamente a dicotomia vivida por François — ser e parecer — o levará a uma problemática aceitação de si como "mulherzinha", isto é, como identidade feminina incompleta, acarretando seu desespero final.

A questão do desconforto no gênero masculino quase não é formulada pela personagem, embora sua obsessão pelo feminino esteja corroborada; culpam-se as circunstâncias ambientais. Definida como "fraqueza", a patologia de François, espécie de fleuma, é muitas vezes por ele explicitada como "sentimento" patológico — e não exatamente como uma patologia em si. François se questiona se essa impressão constitui "o sentimento de [sua] fraqueza e também o ardor de [s]eu desejo" (RYNER, 2023, p. 52). Na verdade, o sentimento patológico que François vê em si provém de uma pronunciada hipersensibilidade à arte:

Quando leio versos em voz alta para mim mesmo, se uma passagem me toca, me entusiasma, a língua, paralisada pela alegria

literária, de repente se põe a gaguejar, então suspeito que, se minhas ações gaguejaram com frequência, é porque sou um apaixonado. (RYNER, 2023, p. 52)

As sensações estéticas que as artes plásticas também provocam em François eram comumente atribuídas às mulheres e aos "invertidos" de acordo com a medicina da época: essa é a ideia central de Dr. Laupts em sua classificação da homossexualidade, ao analisar o caso do mencionado correspondente de Zola.

Tanta sensibilidade se opõe à maneira distinta pela qual François percebe as coisas diversamente de seus colegas, o que explica sua percepção inicial naquele momento como feminino, especificamente como aquela declinação feminina (e no feminino) que fazia François detestar e ao mesmo tempo admirar figuras de mulheres:

Por outro lado, eu estava desnorteado, inquieto com a falta de efeito das palavras e dos atos de meus colegas. Ora frases e gestos balbuciavam o amor, ora tudo berrava o ódio ou a inveja. Eu era o mais rico e, senão o mais belo, ao menos o mais *femininamente*, bonito [...][3] (RYNER, 2023, p. 53)

De modo confuso, a identidade de François se constrói verbalmente para si mesmo e para com seus colegas, que passam a escrever frases tanto de amor quanto de ódio nas paredes do internato: "Na maioria das vezes, as inscrições expressavam diretamente, em termos obscenos, desejos sórdidos." (RYNER, 2023, p. 54). Quando escritas, tais vulgaridades eram odiadas por François, o que nem sempre ocorria ao serem proferidas oralmente,

[...] porque eram pronunciadas aos risos; porque diziam, imundas como uma gororoba de palavras, o desejo grosseiro ou a satisfação

3 Grifo nosso.

grosseira dos corpos; porque ignoravam a verdadeira volúpia de compreender, pela linguagem do corpo subitamente iluminado e enobrecido, que nossa alma não está perdida, sozinha no infinito; porque, sem vantagem alguma, tornavam feia e grotesca a mais bela e a mais profunda de todas as coisas: a carícia. (RYNER, 2023, p. 54)

A carga semântica das palavras pichadas, como o próprio narrador relata, tão diversa da poesia lida em voz alta, é percebida como integrante das aventuras sexuais, já que o próprio desejo de François muitas vezes consiste mais em uma aventura poética do que sexual. Por exemplo, quando François se esquiva de certo movimento na companhia de outro rapaz, este protesta, revelando, assim, a importância extrema da linguagem para a personagem:

> — Malvado! — ele cochichava, todo ofegante. — Malvado e bobo! É tão bom, principalmente quando a gente se gosta.
> A palavra "principalmente" me despertou, me conturbou como o contato com algum bicho gosmento:
> — O que você está falando? — gritei. — Como! Mesmo sem amar...
> — É sempre bom — afirmou num bico de gozo.
> — O que você está falando?... Com um outro?... Se você estivesse com um outro, você diria a ele as palavras que está dizendo para mim e você quereria dele o que quer de mim!... (RYNER, 2023, p. 71)

A ingenuidade — talvez recusa inicial em reconhecer-se como homossexual? — manifesta-se na nomenclatura atribuída a François, que, no entanto, também revela certa lucidez precoce ao analisar não somente a posição da mulher, mas também a suposta degradação que a presença do feminino no masculino pode provocar. Assim, refletindo sobre os privilégios dos homens (cisgêneros e heterossexuais), conclui: "Nota-se que essa moral que rege relações unissexuais muito se assemelha, contudo, à presente moral

que admira Dom Juan e despreza a mulher fácil." (RYNER, 2023, p. 64) Ora, o que é François, segundo ele próprio, senão uma "mulher fácil"? Com qualificativos pejorativos, ele observa a atribuição assertiva que os internos dão a Romanes, seu primeiro amante: "Ouvia repetirem ao meu redor que o femininamente infame Romanes era covarde como uma mulher. Sua feiura pesada me parecia a vestimenta necessária da covardia" (RYNER, 2023, p. 64). Embora demonstre noções precoces sobre a desigualdade de gêneros, François não ousa contestá-la e se vê como desprezível devido à mesma semelhança reconhecida, ou que acredita reconhecer, no feminino com o qual se identifica.

Colocando-se no extremo da submissão, o protagonista percebe a intensidade das primeiras carícias com Romanes e se transforma naquilo que Freud viria a classificar como perversão masoquista, identificável sobretudo nas mulheres:

> Para começar, parece haver confirmação do ponto de vista de que o masoquismo não é a manifestação de um instinto primário, mas se origina do sadismo que foi voltado contra o eu (*self*) — ou seja, por meio de regressão de um objeto para o ego. Pode-se ter como certo que os instintos com propósito passivo existem, particularmente entre as mulheres. A passividade, contudo, não é a totalidade do masoquismo. A característica do desprazer também pertence a ele — um desconcertante acompanhamento para a satisfação de um instinto. A transformação do sadismo em masoquismo parece dever-se à influência do sentimento de culpa que participa do ato de repressão. (FREUD, 1919, p. 244-245)

Sem ter plena consciência de sentimentos de culpa, François deleita-se com agressões, principalmente quando o agressor é belo. Regido por palavras, gestos e traços, o masoquismo se apresenta mais como fenômeno psicológico marcado pela impressão estética do que na fisicalidade do ato sexual:

Nos combates entre crianças, os punhos e os pés são as únicas armas permitidas. Já eu, fazia uso de unhas e dentes. Levava o maior número de golpes, os mais violentos; meu agressor quase sempre tinha o rosto e as mãos ensanguentados. Havia uma exceção. Se meu inimigo fosse belo, eu não ousava estragar seu semblante e levava os golpes com uma alegre paralisia, como se fossem carícias. E, quando me permitisse, voltava a provocá-lo sem agredi-lo: eu precisava renovar meu êxtase ferido. Meus procedimentos ordinários de defesa faziam com que dissessem que eu era "traiçoeiro" e "mau como uma mulher"; e eles também, ao que parece, justificavam o apelido de "mulherzinha". (RYNER, 2023, p. 65-66)

O gosto pela violência, um certo misticismo vago e uma complacência para com o carrasco satisfazem François, inclusive em demonstrações de violência. Assim, resignado como um santo torturado perante o carrasco, somente as agressões de seu "marido" Davignon, rapaz mais velho e tuberculoso, parecem despertar nele a libido incontrolável. O desejo sexual cresce em François, sensorialmente expresso junto à busca de um afeto como o que obtivera do tio:

[Davignon] era homem-feito. O bigode já cobria seu lábio e até a barba emoldurava um quadro demasiado nítido. Os pelos eram de um negror intenso junto à palidez excessiva da pele. Emocionava-me como um ser fortíssimo e me comovia como um ser fraquíssimo. (RYNER, 2023, p. 73)

Assim como ocorrerá com François, a entrega aos prazeres excessivos prejudicará tanto sua própria saúde quanto a de Davignon:

Mas num daqueles dias, ao menos assim me pareceu, seu corpo debilitado por alegrias frequentes em excesso, por contínuas descargas nervosas, cairia para nunca mais se reerguer. (RYNER, 2023, p. 73)

Nessa relação com o moribundo, François nutre a fantasia de ser sua mulher — nos sentidos de "fêmea" e "esposa", uma espécie de Eva fundida no estereótipo feminino de então, expressa por certo misticismo caro à época:

> Sim, meu Deus, eu O amo. O Senhor é soberanamente bom e soberanamente amável. Não sente as palavras que Lhe digo subirem até o Senhor como carícias? Não tenho outras carícias a Lhe oferecer, já que sou jovem demais para comungar. Mas eis as únicas carícias que desejo: ver Davignon e comungar. Pois eu O amo, ó meu Deus, acima de todas as coisas, e amo Davignon pelo amor do Senhor que o fez à Sua imagem e semelhança. (RYNER, 2023, p. 83)

O luto de François por Davignon, irrecuperavelmente adoecido, não impedirá os colegas de caçoarem da "mulherzinha": "A mulherzinha é viúva! A mulherzinha é viúva!" (RYNER, 2023, p. 86). Espumando pela boca, François desfalece, para depois concluir:

> Eu ainda ouvia as palavras que ninguém mais pronunciava. Mas agora nada tinham de hostil. Vinham de mim, como uma verdade reconhecida. Eu as acolhia quase como amigas severas. (RYNER, 2023, p. 87)

Seria essa "verdade reconhecida" a percepção de si, algo impossível de se realizar ou até de compreender: ser mulher?

A bruma e o espelho de bolso: narcisismo e a pintura de Da Vinci

Se, por um lado, no primeiro capítulo da primeira parte, François é descrito como possuído por um desejo eufórico, "Curvado sobre [si] mesmo, plenamente ocupado em reviver [seu] dia como um primeiro capítulo de romance e irradiar alegria por todos os lados [...]"(RYNER, 2023,

p. 47), no sexto capítulo, ainda à guisa de preâmbulo, a psique de François é detalhada.

Na tentativa de entender a si mesmo pela escrita em primeira pessoa, passando pelas sensações evocadas pela arte, os relatos de François reverberam influências do decadentismo em sua apreciação estética das artes. Ele perambula entre museus, estabelecendo paralelos entre sua vida e a arte, refletindo sobre a beleza física das personagens representadas em pinturas. Ao redigir suas memórias, François menciona "semiescuridão flutuante da primeira hora, na escuridão total que se [seguia], a impressão de que um mistério [o] rondava." (RYNER, 2023, p. 47). Na descrição verbal do tempo e do espaço como um claro-escuro, evoca-se um duplo mistério, místico e sexual. O primeiro aspecto, já esboçado quando da morte de Davignon, se manifesta em François por meio de visões psicoestéticas, como referencial feminino de experiência mística em sua "alegria paradoxal"; o segundo é representado como projeção de seu desejo que atravessa a percepção do feminino, não só como "imaginação de [...] mulher", nos dizeres do próprio François, mas também interpretável como imaginação de si mesmo como mulher:

> À noite, meu pensamento se deitava com Carminé. Eu o chamava a meia-voz: "Carminé, oh! Carminé..." Se a visão chegava, obediente, eu adormecia com a boca entreaberta num sorriso, as mãos fechadas sobre uma esperança. Porém, devo confessar que meu desejo não era tão fiel quanto a imaginação de uma mulher. [...] Certas noites, Davignon vinha espontaneamente, ou quase, perturbar-me com reproches que me faziam chorar e que me derrubavam em alegria paradoxal. (RYNER, 2023, p. 158)

Como no episódio da morte de Davignon, nos sentimentos de François como mulher e em toda sua duplicidade místico-sexual, observam-se oscilações de humor e sede de experiências, elementos identificados

pela antropologia criminal de Lombroso como manifestação de histeria feminina:

> Sua característica mais saliente é o erotismo. É verdade que alguns autores afirmam o contrário: [...] [as histéricas] se entregam ao homem por espírito de aventura, por necessidade de emoções imprevistas ou por lampos de paixão mais fugidios do que violentos: mas o que quer que seja, observo que aqui o elemento sexual ainda é latente; ademais, se realmente muitas são apáticas, outras são muito excitadas. Já entre as 83 histéricas de Legrand, descubro que 12% se prostituem sem necessidade [...]. (LOMBROSO, 1895, p. 504)

Pois, exausto de uma "prostituição sem necessidade", entregando-se a quase todos os rapazes do colégio inscritos na lista da Reine Françoise, esta acaba adoecendo. Mas sua motivação subentendida não se explica tanto pela ordem psicossexual de um Lombroso, mas sobretudo pelo desejo de identificar-se com a mulher, passando pela tal "prostituição sem necessidade". Assim, o desejo de reconhecimento de sua natureza feminina se concretiza na atividade sexual, que, por sua vez, consiste mais em uma sede de "carícias" do que propriamente em uma ninfomania.

Incapaz de cogitar a realização de si no gênero feminino, a maricas encontra-se em uma zona cinzenta e enevoada de sua psique, presa entre duas pressões: a social, que implica ser um homem cis heterossexual, que inclusive se lhe mostra fisicamente impossível (vide a exaustão sentida após algumas noites de sexo com Lisa), e a pressão de ser um homem cis homossexual, algo socialmente impossível de se concretizar. Mas — e esta é a sutileza da escrita literária de Ryner — nenhum diagnóstico de observação psicanalítica se mostra definitivo. A "menina falhada" do título é o próprio paradoxo ambulante das alegrias graves que François/Françoise declara sentir.

De fato, esses espaços psicológicos cinzentos e misteriosos, evocados pela imagem de brumas através de

rochedos, remetem diretamente ao espaço geográfico ao redor do internato. François perambula entre formações lacustres, na região de Mourres. Os passeios, "como [suas] primeiras horas de dormitório, eram estranhos tremores" (RYNER, 2023, p. 52), e os movimentos da bruma através das rochas lhe sugestionam angústia, e ao mesmo tempo evocam o fundo de duas pinturas de Da Vinci: os andróginos Baco e São João Batista. Em sua condição de efebo em busca de "carícias" cis e másculas, François observa:

> [...] os maravilhosos andróginos de Leonardo da Vinci, Baco e São João, são femininos demais para mim. Amo-os como retratos do que posso dar, e não como retratos do que eu gostaria. Entretanto, não retomei as carícias viris. Não quero retomá-las (RYNER, 2023, p. 155)

Os dois quadros admirados por François e com os quais ele se identifica são, no que diz respeito ao desejo, desprezados por se assemelharem a ele. Ambos evocam também um mistério não compartilhado, "um segredo de amor", segundo a análise de Freud a respeito deles:

> Esses quadros transmitem um misticismo cujo segredo ninguém ousa desvendar; o máximo que poderíamos tentar seria determinar a sua relação com as criações anteriores de Leonardo. As figuras ainda são andróginas [...]. São jovens lindos, de uma delicadeza feminina e de formas afeminadas; já não abaixam os olhos, mas contemplam-nos com uma expressão de misterioso triunfo, como se conhecessem uma grande felicidade cujo segredo devessem calar. O sorriso fascinante e familiar leva-nos a crer tratar-se de um segredo de amor. (FREUD, 1910)

Nota-se aqui outra semelhança entre os quadros e o próprio François: o orgulho transparecido nos sorrisos, que sugere ao espectador um mistério delineado sob a forma etérea do desejo homossexual. Afinal, de que ou

de quem riem os retratos desses personagens divinos? Se trouxermos o sorriso observado por Freud para o contexto de *La Fille manquée*, é possível traçar uma identificação com a identidade andrógina de Baco e São João, bem como com a própria identidade trans de François. O misticismo religioso de ambos não deixa de evocar um mistério presente tanto no espaço de *La Fille manquée* quanto no protagonista e nas obscurecidas paisagens rochosas.

Um último aspecto digno de nota sobre a identificação de François com essas duas pinturas de Da Vinci é a representação do narcisimo, também apontado por Freud em sua análise dessas mesmas obras. Ryner parece desconhecer o conceito de narcisismo tal qual posteriormente desenvolvido por Freud, algo no qual este provavelmente já havia começado a trabalhar antes da publicação de *La Fille manquée*. O conceito de narcisismo já desponta no estudo de Freud sobre Da Vinci:

> O menino reprime seu amor pela mãe; coloca-se em seu lugar, identifica-se com ela, e toma a si próprio como um modelo a que devem assemelhar-se os novos objetos de seu amor. Desse modo, ele transformou-se num homossexual. O que de fato aconteceu foi um retorno ao autoerotismo, pois os meninos que ele agora ama à medida que cresce são, apenas, figuras substitutivas e lembranças de si próprio durante sua infância — meninos que ele ama da maneira que sua mãe o amava quando era ele uma criança. Encontram seus objetos de amor segundo o modelo do narcisismo, pois Narciso, segundo a lenda grega, era um jovem que preferia sua própria imagem a qualquer outra, e foi assim transformado na bela flor do mesmo nome. (FREUD, 1910)

Acerca das impressões estéticas de François e seus objetos de amor, os relatos na terceira parte de *La Fille manquée* reforçam seu desprezo pelo corpo feminino e por imagens como a de Baco e São João Batista, que evocam a feminilidade. A única androginia apreciada por François, e ainda assim com reservas, é aquela em

que prevalece o masculino, a exemplo da personagem Blanche, uma das prostitutas que ele frequenta em Paris. Encontrando-a por acaso na rua, François se fascina por essa "deliciosa andrógina". Dessa maneira, apresenta-se o único viés possível da realização sexual de François, notadamente através do corpo masculino como objeto. Blanche se deslumbra com o dinheiro de François, mas, impaciente com sua virilidade débil, troca-o pelo másculo professor de música, contratado para dar aulas de piano à moça. Praticamente a mesma situação ocorrera com Titine, a primeira prostituta que François frequentou, e que, num golpe, tinha fugido, trocando-o pelo cocheiro, também descrito como um homem viril.

Essas impressões permitem estabelecer um paralelo com aquelas de Des Esseintes, o protagonista de *Às avessas*, de J.-K. Huysmans, caracterizado pela efeminação atávica em seu caráter fleumático (HUYSMANS, 1884, p. 2), e que nos devaneios de sua "tebaida espiritual" (HUYSMANS, 1884, p. 9) sonha com uma certa Miss Urania, acrobata de compleição igualmente andrógina que ele havia visto atuando em um circo (HUYSMANS, 1884, p. 133-134). Assim como Des Esseintes, François aprecia as artes a ponto de querer trazê-las para a vida e vivê-las em sua plenitude de possibilidades estéticas. De maneira mais radical do que o protagonista do romance de Huysmans, François procura entender sua repulsa pelo corpo feminino na pura apreciação do corpo masculino (já que a mulher andrógina não o satisfaz). Ele louva as sensações evocadas pelo corpo viril na arte clássica, esquivando-se inclusive das figurações do feminino na arte:

> No Louvre, fujo da Vênus de Milo, luxúria e não beleza, grega tardia das ilhas, pesada de Oriente e de decadência. A longa venustidade das Dianas quase me satisfaz. Mas é diante dos Apolos, dos Antínoos, do hermafrodita de Velletri que sou detido pelas alegrias perfeitas, as alegrias inesgotáveis. E também diante das esbeltezas entrelaçadas de certos grupos de lutadores.

> Entre as mulheres pintadas no primeiro andar, somente uma me interessa, aquela altiva Joana de Aragão de sóbria beleza, retratada por Rafael. Ainda assim, meu desejo a desfeminiza. (RYNER, 2023, p. 155)

Contemplando em si mesmo sua feminilidade ao admirar Baco e São João de Da Vinci, François não se aceita plenamente, tampouco pode identificar sua própria natureza como feminina. Em sua análise sobre imagens subversivas e representações de perversão no fim do século XIX, Bram Dijkstra, ao citar as críticas de arte de Théophile Silvestre sobre o impressionismo ao redor de 1890, observa que o *tópos* do espelho, além de indicativo de uma relativa liberdade sexual em relação à figuração do nu, revoca o mito de Narciso. A mulher — e, em nosso caso, o garoto efeminado — é tematicamente evocada como, nas palavras de Dijkstra, "mulher no espelho tanto quanto mulher como espelho", o que se aplica ao caso de François. Espécie de narciso aprisionado, François parece corresponder àquilo que se percebe como "epítome de efeminação, do efebo, do menino não ainda em posse de sua habilidade masculina de autotranscendência" (DIJKSTRA, 1986, p. 144), pois François não pode transformar-se. Está, portanto, condenado a ser, para sempre, a "menina que não foi".

O desprezo de François para com as mulheres, portanto, não soa exatamente paradoxal, e sim voltado a si próprio e à sua autodepreciação, que oscila entre a admiração narcísica de sua própria beleza e seu reconhecimento enquanto homem feminino. No episódio da revolta contra o bedel do internato, que toma conhecimento da lista dos amantes da Reine Françoise, esta (François) afirma:

> Ah! Aquele coitado do Signoret achou que me tivesse ofendido chamando-me de rameira. Eu escolheria um termo mais ignóbil e, a partir dele, me atribuiria um título honorífico. (RYNER, 2023, p. 170)

Assim, escondido na "extremidade menos frequentada do imenso pátio, [onde] romãzeiras trepavam ao longo do muro" (RYNER, 2023, p. 58), em um claro simbolismo de seu desejo descontrolado, François se entrega de bom grado à proscrição, escondido nesta delimitação geográfica daquele microcosmos do colégio interno: um espaço outro que opera isoladamente, embora ali a vida decorra de modo tão velado com o mundo de fora, no que diz respeito à atividade sexual. No internato, a alienação espacial leva não apenas a uma realidade que toma ares extratemporais e extraespaciais, mas também a uma espécie de simulacro de identidade de gênero e de sexualidade. Assim, o conceito freudiano de narcisismo se concretiza nas sensações causadas por esses espaços:

> Naquele canto desconhecido, eu saboreava todas as atrozes alegrias da proscrição. Através dos grossos galhos, observava o mar como um espelhamento múltiplo, gingando e cantando: tal qual o céu visto de um sub-bosque quando a seda do céu estava móvel e ruidosa. Com meu espelho de bolso quase sempre sob meus olhos, eu arrumava com lentas carícias meus cabelos cacheados, sorria para minha beleza e repetia para mim mesmo, como uma declaração de amor: "Mulherzinha! Ah! Linda mulherzinha... (RYNER, 2023, p. 59)

A sede do leitor por um provável diagnóstico psicológico é então extinta pelo próprio François, sendo ele um amante das palavras e de si próprio:

> Talvez houvesse algum narcisismo naquela autoadmiração. Havia principalmente outra coisa. Pois eu pronunciava as palavras de emoção com uma voz comovida e que nunca seria a minha voz. Não demorei a perceber isso e indagar-me passou a ser um jogo tenso: "Que voz acaba de me amar?" Eu buscava. Parecia-me ter acabado de imitar inconscientemente o tom de certo colega mais velho ou de algum mais novo. Eu dizia: "Amo Émile Pérol." ou "Amo Paul Marchal." Às vezes me dedicava a

tomar a voz de um ou do outro. Mas, na maioria das vezes, não premeditava minha imitação. E, de repente, uma entonação me detinha: pertencia a esse aqui ou àquele lá, a um belo que me atraía, a um feio que me amedrontava, inclusive a Romanes ou mesmo ao bedel. (RYNER, 2023, p. 59)

A identidade feminina de François tinha sido declarada por todos os alunos, que passaram a dar-lhe um terceiro apelido: *Mamselle* Françoise ("Senhorita Françoise", em uma abreviação do pronome de tratamento seguido do nome "François" no feminino). Revela-se aqui não somente mais uma corroboração de sua efeminação, na época indissociável da sexualidade ou da identidade de gênero, mas também o desprezo daqueles que o apelidam no feminino em uma sociedade sexista ou, ainda — e principalmente, uma desculpa para os alunos poderem buscar o prazer homossexual atribuindo ao amante o gênero biológico oposto com a intenção de se eximirem de culpa. Daí se explica o apelido que intitula o romance, e os outros apelidos, que até agradam François por fazerem com que ele se sinta desejado e satisfeito com a projeção de seu narcisismo no feminino. "Mamselle Françoise", por exemplo, "não [o] desagradava nem um pouco" e "la fille manquée" lhe agradava muito:

> Este último apelido tinha um quê de doçura, de ternura, também de enfermidade, algo que me parecia expressar deliciosamente a minha graça frágil. E, de fato, eu não analisava. Mas frequentemente me escondia para me olhar num espelho de bolso murmurando: "Mulherzinha!" E sorria, comovido. E meus olhos não ficavam marejados, mas — oh!, estranha impressão que sempre encontrei por trás de meus sorrisos — tive a impressão de que meus olhos choravam, do outro lado, do lado interior, lágrimas sutis. (RYNER, 2023, p. 57)

Em outro momento, François confessa que o apelido *la fille manquée*, apesar de carregar uma deliciosa

nostalgia, lhe era às vezes desagradável de escutar, não pelas palavras, mas, novamente, pela forma como estas eram proferidas: "Alguns tinham modos tão desdenhosos de me assobiá-lo [esse nome] ou maneiras tão imundas, tão beiçudas, tão gordurosas de me soprá-lo à orelha." (RYNER, 2023, p. 57). Dividido entre sua imagem através do outro, sem compreender sua própria identidade, o narcisismo se apresenta de forma nebulosa para François, como um reconhecimento tortuoso de si enquanto feminino, tanto na visão que ele tem de si próprio quanto na visão que os outros lhe atribuem.

CONCLUSÃO

Permanece a dúvida: François é homossexual e/ou transexual? Sendo a personagem uma criação de ficção (e não uma pessoa real), sendo o romance uma obra de arte (e não um tratado de medicina psiquiátrica), François reflete a complexa relação entrelaçada entre ciência, estética e progresso daquele século em oscilação entre o positivismo e o ocultismo, entre o erotismo e o misticismo. Porém, ainda assim, aquele foi um século fortemente preso por noções bem estabelecidas de masculino e feminino, duplamente fundado sobre a burguesia crescente e o cristianismo decrescente. Evidência disso é a associação direta do homossexual masculino ao feminino, segundo as classificações do Dr. Laupts. O não pertencimento de François ao gênero com o qual se identifica é concretizado na sua própria experiência de escrita:

> Talvez eu devesse esperar para delinear um quadro dos costumes que me rodeavam, no momento em que compreendi. Mas qual é esse momento? Vejo perfeitamente que os escritores escrevem apenas convenções. Se um deles contasse minha história, recolheria em um diálogo a lenta revelação ou, talvez, atribuiria a um detalhe qualquer valor mais importante do que se deveria atribuir, em detrimento de outros detalhes mais importantes. A

arte de escrever seria apenas a arte de condensar brumas longínquas e fazê-las se passarem por rochas? (RYNER, 2023, p. 48)

Assim, na compreensão de François, o termo *fille manquée* soa como uma lítotes, figura de linguagem tão presente na fraseologia francesa, através da qual a negação, longe de cumprir sua função original, parece amplificar o sentido contrário daquilo que nega. A julgar pela relação de François com as palavras, a linguagem e a literatura, atestadas no começo de seu relato, podemos inclusive compreender a sexualidade de François como uma lítotes, como uma negação que, ao invés de negar, ressalta o seu oposto. Sua saúde precária será prejudicada quando ele se entrega a seus prazeres com volúpia que toma proporções hiperbólicas. Por fim, a própria estrutura litótica da expressão *fille manquée* acentua mais o fato de François ser biologicamente um homem, cuja identidade de gênero é feminina, do que propriamente uma "quase-mulher" ou "menina que não foi", em toda a identidade trans que ele vislumbra em si e que os outros atestam nele.

Tomemos a liberdade de recordar, a título de conclusão, o ensaio *Le Massacre des Amazones* (1890?), do mesmo Ryner, a saber, uma passagem na qual o autor faz uma reflexão sobre o gênero, não de uma personagem, mas da própria linguagem literária:

A prosa poética, devido à sua jovem graciosidade e como inacabada, devido à liberdade de seu lirismo equívoco, é um gênero feminino, assim como no teatro o travestimento [*les travestis*] são empregos femininos (RYNER, 1890?, p. 113)

De maneira semelhante, os traços da prosa de François, tão andrógina em gênero — identitário e literário — anunciam a formação de uma identidade poética trans, bem como uma identidade de gênero que só se permitiria florescer muitas décadas depois.

BUTLER, Judith. *Gender Trouble*. Nova York: Routledge, 2007 [1990].

DIJKSTRA, Bram. *Idols of Perversity: Fantasies of feminine evil in fin-de-siècle culture*. Nova York: Oxford University Press, 1986.

FAURE, Sébastien (org.) *Encyclopédie Anarchiste (A-C)*. Éditions des Équateurs: Sainte-Marguerite-sur--Mer, 2013 [1925-1934].

FREUD, Sigmund. *Obras completas:* Cinco lições de psicanálise, Leonardo da Vinci e outros escritos. 1910 [1909]. v. XI. Disponível em: http://psicanalisebiblica.blogspot.com/2017/02/freud-obras-completas-xi.html. Acesso em: 9 dez. 2022.

FREUD, Sigmund. *Obras completas:* Uma criança é espancada — uma contribuição aos estudos da origem das perversões sexuais. 1919. v. XVII In: Edição standard brasileira das obras psicológicas completas de Sigmund Freud [ESB]. Rio de Janeiro, Imago, 1974.

GASPODINI, Ícaro B.; JESUS, Jacqueline Gomes de. "Heterocentrismo e Ciscentrismo: Crenças de superioridade sobre orientação sexual, sexo e gênero". *Revista Universo Psi*. Taquara, v. 1, n. 2, p. 33-51, 2020.

HUYSMANS, J.-K. *À rebours*. Paris: Crès, 1922 [1884].

LAUPTS, G. Saint-Paul (Dr.). *L'homosexualité et les types homosexuels: nouvelle édition de Perversion et perversités sexuelles*. Prefácio de Émile Zola. Paris: Vigot Frères Éd., 1910.

LOMBROSO, Cesare. *La Femme criminelle et la prostituée*. Grenoble: Jerôme Million, 1991 [1895].

RENNEVILLE, Marc. "Un cranio che fa luce? Il racconto della scoperta dell'atavismo criminale." *Il Museo di Antropologia criminale 'Cesare Lombroso'*. Milão: Libreria UTET, 2013.

RODOVALHO, Amara Moira. "O cis pelo trans". *Revista Estudos Feministas*, Florianópolis, v. 25, n. 1, jan./abr. 2017.

RYNER, Han. *La Fille manquée*. Montpellier: GayKitchCamp [GKC], [1903] 2013.

RYNER, Han. *Le Massacre des Amazones*. Paris: Chamuel Éditeur, [1890?].

TESSÉ, Nicolas. *Chronique:* Han Ryner et La Fille manquée. Disponível em: http://nicolastesse.portfoliobox.me/la-fille-manque. Acesso em: 9 dez. 2022.

CADERNO DE IMAGENS

Leonardo da Vinci. *São João Batista*, 1513-1516

Leonardo da Vinci. *Baco*, ca. 1510-1515

Raffaello Sanzio[1]. *Jeanne d'Aragon*, 1518

1 Giulio Romano/Escola de Rafael. Na época talvez ainda não houvesse dúvidas quanto à autoria do quadro.

Bernardino Luini. *Salomé com a cabeça de São João Batista*, ca. 1527

Vênus de Milo, 150-125 a.C.

Vênus de Médici, séc. II–I a.C.

Hermafrodita de Velletri, ca. 150 a.C.

Hermafrodita de Velletri, ca. 150 a.C.

Dados Internacionais de Catalogação na Publicação (CIP)
(Câmara Brasileira do Livro, SP, Brasil)

Ryner, Han, 1861-1938
A menina que não fui / Han Ryner ; tradução Régis Mikail. -- 1. ed. --
São Paulo : Ercolano, 2023.

Título original: La fille manquée
Bibliografia.
ISBN 978-65-999725-0-8

1. Romance francês I. Título.

23-142953 CDD-843

Índices para catálogo sistemático:
1. Romances : Literatura francesa 843
Henrique Ribeiro Soares - Bibliotecário - CRB-8/9314

ERCOLANO

Editora Ercolano Ltda.
www.ercolano.com.br
Instagram: @ercolaneditora
Twitter: @Ercolano__
YouTube: @ercolanoeditora
Facebook: @Ercolanoeditora

Este livro foi editado em 2023 na cidade de São Paulo pela Editora Ercolano, com as famílias tipográficas Bradford LL e Wremena, em papel Pólen Bold 90g/m² na Gráfica Santa Marta.